KB114103

마 in 화산

용훈 新무협 판타지 소설

FANTASTIC ORIENTAL HEROES

마 in 화산 4
용훈 新무협 판타지 소설

초판 1쇄 찍은 날 § 2013년 3월 20일
초판 1쇄 펴낸 날 § 2014년 3월 27일

지은이 § 용훈
펴낸이 § 서경석

편집부장 § 권태완
편집책임 § 박가연
디자인 § 신현아

펴낸곳 § 도서출판 청어람
등록번호 § 제1081-1-89호
등록일자 § 1999. 5. 31
어람번호 § 제2-2470호

주소 § 경기도 부천시 원미구 부일로 483번길 40 서경B/D 3F (우) 420-822
전화 § 032-656-4452팩스 § 032-656-4453
http://www.chungeoram.com
E-mail § chungeorambook@daum.net

ISBN 979-11-5681-903-5 04810
ISBN 978-89-251-3468-0 (세트)

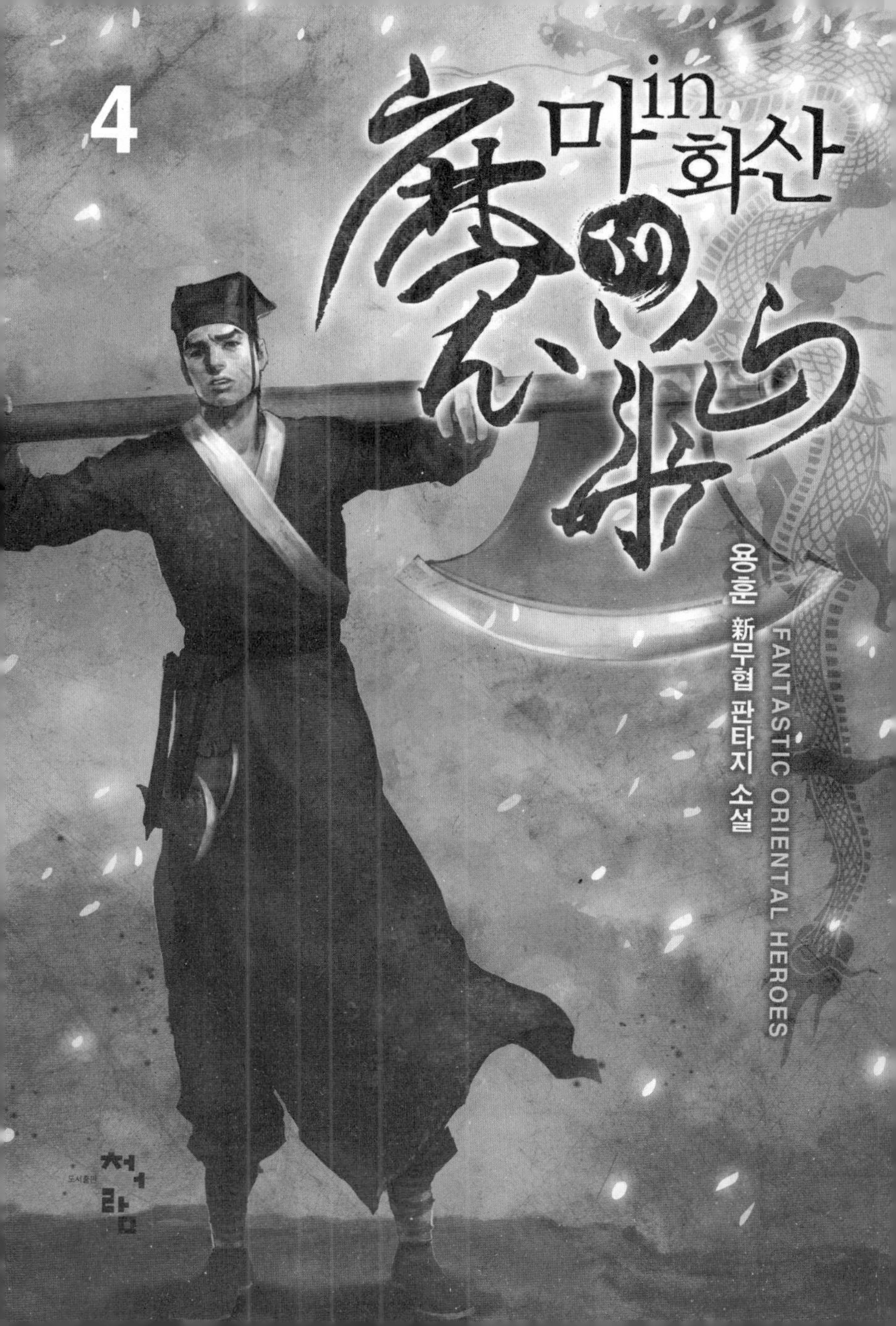
4
마in화산
용훈 新무협 판타지 소설
FANTASTIC ORIENTAL HEROES

目次

第一章

몸을 똑바로 하고…….

'…고개를 숙여라?'

일부러 웃지 않아도 타고나길 웃는 인상인 서 총관의 얼굴이 서서히 일그러졌다.

당장에라도 불똥이 튈 것 같은 그 눈빛에 담긴 것은 명백한 분노였다.

그에게 있어서 한천 연경산이 세운 용천장은 곧 하늘이며, 무남독녀인 연산홍은 누구도 범접할 수 없는 성역 그 자체였다.

용천장의 행차라고 하였다.

그런데도 감히 화산파는 연산홍에게 예를 차리고 고개를 숙이라고 말한다.

"이놈들이 감히……."

파르르 떨리며 낮게 깔려 나오는 서 총관의 음색에 진득한 살기가 번져 나왔다.

일개 화산파 따위가 내뱉은 말, 결단코 용납할 수 없는 일이었다.

<u>츠츠츠츠츳.</u>

회색 하늘에서 하나둘 떨어져 내리던 눈이 서 총관을 중심으로 동심원을 그리며 밀려났다.

"……!"

별안간 흡사 하늘이 통째로 내리누르듯 대기가 무겁게 가라앉았다. 그와 동시에 화산파 제자들은 하나같이 혈류의 흐름이 역행이라도 할 것 같은 극심한 이질감이 내부에서 일어나 얼굴색이 창백하게 변했다.

분노로 이글거리는 서 총관을 응시하는 손괴의 노안이 침중하게 가라앉았다.

'살기…….'

서 총관이 전신 모공으로 뿜어낸 기운은 상상을 초월했다.

손을 쓰거나 암경을 흘린 것도 아니고 그저 살심을 품었을 뿐인데도 이런 현상을 불러온 것이다.

손괴는 옅게 흔들리는 눈으로 서 총관을 바라봤다.

선비 차림인 겉모습과는 달리 대강남북에 널리 알려진 그의 별호가 떠올랐다.

금강영왕(金剛影王) 서귀.

한천의 그림자이자, 용천의 눈으로 불리는 자.

북검회의 좌문공과 남도련의 사마군이 쌍으로 합쳐도 견줄 수 없는 지략가로 명성이 쟁쟁한 그의 별호 첫머리를 장식한 글자는 세상에서 가장 단단하고 파괴가 불가능한 뜻을 지닌 '금강'이었다.

곧 힘과 지혜로움에서 어느 한쪽도 부족함이 없다는 뜻이다.

'천하십강의 고수는 실로 무서운 경지로구나.'

손괴의 깡마른 턱 선이 파르르 경련했다.

한천 연경산과 천래궁의 요천은 논외로 치고 작금의 무림에서 최강의 열 명으로 불리는 자.

서 총관 서귀도 이른바 천하십강(天下十强)이라 열거되는 열 개의 권좌 중 하나를 차지하고 있는 주인이었다.

그리고 천하십강 가운데 별호에 금강이란 글자로 수놓인 자는 서귀가 유일했다.

순식간에 화산파 산문 앞이 일촉즉발의 긴장감으로 치달

았다. 그런데도 유일하게 서 총관을 말릴 수 있는 연산홍은 조금 전과 다르게 무심한 얼굴로 수수방관했다.

손괴는 깡말라 주름진 손을 허리 아래로 가져갔다.

창―!

손괴는 망설임 없이 검을 뽑았다.

"……!"

동요한 쪽은 오히려 연산홍이었다.

앞으로의 일이야 어찌 흘러가든 아직은 입씨름이 먼저고 기 싸움이 다음이었다.

그런데 화산파의 저 늙은 장로가 모든 예상을 뛰어넘어 마치 기다렸다는 듯 검을 빼 든 것이다.

차차차창!

뒤이어 손괴가 따로 말하지 않았음에도 청명한 쇳소리가 요란하게 연산홍의 귓전을 때렸다.

손괴의 뒤쪽에 운집해 있던 화산파 제자들이 마찬가지로 일제히 칼을 뽑아 든 것이다.

우연인지 아니면 그들의 살벌한 분위기에 반응한 것인지 물방울처럼 점점이 떨어지던 눈송이가 순식간에 크고 굵은 눈발로 변해 화산 전체를 새하얀 옷으로 덧입히기 시작했다.

연산홍의 초승달 같은 고운 눈썹이 일그러지며 미간 사이로 몰렸다.

"……."

화산파의 이런 반응은 예상 가능한 범주도 아니며 이해 자체가 안 되는 상황이었다.

바보가 아닌 바에야 결과는 명약관화하다.

상대는 금강영왕 서귀다, 천하십강 중 하나인.

자신이 말리지 않는다면 화산파는 큰 화를 면치 못할 것이다.

같은 정파 진영이고, 보는 눈이 있으니 현판을 내리거나 멸문까지는 아니겠지만 분노한 서 총관을 제지하지 않는다면 화산파는 사람을 잃는 것은 물론이거니와 최소한 오랜 시간의 봉문은 각오해야 할 터다.

그런데도 화산파의 제자들은 연륜이 깊은 자나 젊디젊은 자나 똑같이 칼을 뽑아 들고 일전불사를 각오할 태세였다.

'만용인가, 아니면 불굴의 무혼인가.'

연산홍이 뜻밖의 상황에 애매한 표정을 하고 있을 때, 그녀와는 반대로 서 총관은 칼을 뽑아 든 화산파의 태도에 차가운 웃음을 머금었다.

주인인 연산홍이 말려도 참지 않을 작정인데 화산파가 이리 대담해 주니 그렇잖아도 활활 타는 분노의 불길에 기름을 끼얹어주는 격이라 오히려 고마울 지경이었다.

"고래로 모든 화는 입에서 비롯된다고 했다. 오늘 너희가 부린 만용의 대가가 무엇이었는지 뼈저리게 후회하게 될 것 이니라."

"……."

손괴 이하 화산파의 제자는 무슨 말이 필요하냐는 듯 단호함이 깃든 얼굴로 빼어 든 검끝을 서귀에게 겨누었다.

연로한 장로들부터 장년과 청년 도사에 이르기까지 그들은 더 이상 예전의 그들이 아니었다.

화산이 왜 화산인가라는 답을 얻었기에.

"내 별호가 무엇인지는 알고 있을 것이다."

"……."

서 총관이 말을 하며 하늘을 떠받칠 듯 쌍장을 어깨 위로 치켜 들었다.

"하지만 금강은 알아도 영왕이란 이름이 왜 붙었는지 아무도 의문을 품지 않는다. 왜인 줄 아느냐?"

츠츠츠츠츳.

서 총관의 장심에서 희끄무레한 기운이 넘실거리며 와류가 일어났다.

물음을 던지는 서 총관의 표정이 맹수처럼 흉험하게 변화하자 화산파 제자들은 오싹 소름이 돋았다.

서생 차림의 인자한 인상이 돌변하니 아예 딴사람이 와 있는 것 같았다.

"왜냐하면……."

서 총관이 비웃음을 담아 막 입을 떼는 찰나,

"뭐야, 이거! 어떤 시러배 잡놈의 새끼가 남의 문파 앞마당에서 시비야?"

"……!"

그 순간 느닷없이 전해진 또랑또랑한 목소리에 모두의 시선이 반사적으로 돌아갔다.

가진 바 공력을 최고조로 끌어 올려 응전 태세를 준비하던 손괴 이하 화산파 제자들도.

이제 막 폭발하기 직전의 분노를 쏟아낼 준비를 하던 서 총관 서귀도.

남의 일인양 수수방관 하는 태도로 멀찌감치 빠져 있던 연산홍도.

어느새 발목까지 푹푹 빠질 정도로 쌓인 눈을 맞으며 마치 원래부터 그 자리에 있었던 것처럼 너무도 자연스럽게 서 있는…….

'소년?'

그들의 눈에 투영된 감정은 당혹감이었다.

방금 전의 그것은 목을 내놓을 각오로 해야 할 말이었다. 아직 약관도 되지 않은 소년이 함부로 입에 담을 법한 말이 아니었다.

아무리 보고 또 봐본들 열예닐곱 정도에 불과한 솜털도 채 가시지 않은 소년.

모두가 약속이나 한 것처럼 시선이 그들의 당혹한 심정을 대답해 줄 다른 대상을 찾았다.

그리고 수유의 찰나에 소년보다 조금 뒤처져 장승처럼 눈을 맞으며 서 있는 또 다른 소년의 일행에게 시선이 향했다.

낡은 파립을 깊숙이 눌러쓰고 있어 용모를 알 수는 없지만 둔중하고 넙적한 도를 떡 벌어진 어깨에 걸치고 있는 남자. 명명백백 무림인의 모습을 하고 있는 소년의 일행이었다.

하지만.

"너냐? 같잖지도 않는 기운으로 남의 집 앞에서 시비를 터는 잡놈의 후레자식이?"

"……!"

파립인으로 향했던 시선이 벼락같이 다시 소년에게로 내려꽂혔다.

묘하게 신경을 거스르는 말투의 주인은 틀림없는 소년이었다.

소년을 바라보는 화산파 문인들의 입이 딱 벌어졌다.

설마 했더니, 아니겠지 했는데 목소리의 주인공이 진짜 저 소년일 줄이야?

"꼴 봐라? 기생 오래비처럼 생긴 놈답게 죽을 둥 살 둥 뿜어내는 기운도 샌님이군."

소년의 입심은 거침없었다.

연산홍마저 입이 살짝 벌어질 정도.

서 총관 역시 처음에는 착각했나 싶었다가 눈앞에서 벌어지는 애송이의 희롱에 어이를 완전히 상실했다.

"이 어린놈이……."

붉으락푸르락 하는 서귀를 보는 소년의 눈매가 가늘어졌다.

그리고 튀어나온 소년의 음성.

"눈 깔아."

"……!"

순간, 손괴 이하 화산파 제자들이 오히려 움찔하며 가슴이 철렁했다.

왜 그런지는 몰랐다.

그저 소년의 실눈처럼 변하는 표정에서 뭔가 알 듯 모를 듯 익숙함을 느낀 것이다.

무조건 피하고 봐야 하는, 항거할 수 없는 위화감.

하지만 본능보다 이성을 따르는 서귀는 소년의 말에 눈이 돌아갔다.

"쳐 죽일 놈! 어린놈의 주둥이가 방자하기가 실로……."

빽一!

"……!"

서귀는 무슨 소린지 확인하려 했지만 등잔불이 퍽 꺼지듯 갑자기 모든 것이 검게 변한 것을 느꼈다.

그리고 일시지간 모든 사고가 정지했다.

아주 잠깐이었다.

그런 생각조차도 뒤늦게 들 만큼 아주 잠깐의 순간.

그리고 정적과 빛 한 점 없는 암흑이 빠르게 멀어져 가며 육신의 감각이 되돌아왔다.

"흡!"

서귀가 놀라 눈을 번쩍 떴다.

"……?"

처음 눈에 보인 건 경악한 표정으로 자신을 응시하고 있는 손괴와 화산파 제자들이었다.

그런데 눈에 비친 그들의 모습이 이상했다.

천지가 개벽해 역전했는지 그들의 머리 위에 있어야 할 하늘은 왼쪽에 있고 딛고 선 땅은 오른쪽에 있는 것이 아닌가.

'이게 무슨……?'

이건 흡사 자신이 바닥에 누워서 그들을 보고 있어야 가능한……?

서귀는 몸이 움직여지지 않는 것에 의문을 품을 생각도 못한 채 눈알을 위쪽으로 움직였다.

그리고 보았다.

주군 연산홍이 단 한 번도 본 적이 없는 표정을 지으며 자신을 보는 눈길을.

경악.

연산홍의 눈길에 담긴 감정의 정체는 화산파 문인들이 짓고 있는 표정과 같은 것이었다.

"……!"

갑자기 모든 감각이 열 배로 폭주하는 듯 서귀는 정신이 번쩍 들었다.

그리고 상황을 인지한 서귀의 얼굴색이 시뻘게졌다. 온 힘을 다해 필사적으로 몸을 세우는 서귀.

하지만.

"가만있어."

퍼억!

"크흑?"

서귀는 고개도 돌리지 못한 채 눈알을 굴려 간신히 확인했다. 자신의 뺨을 내리누르고 있는 것이 흙 묻은 신발이라는 것을.

"이, 이이이이, 이이……."

분노와 당혹이 뒤섞인 서귀는 직접 눈으로 보고 있음에도 이 상황을 믿지 못해 말도 제대로 뱉지 못했다.

"가만있으랬다?"

땅바닥에 뻗은 서귀의 얼굴을 지그시 누르고 있던 소년의
발이 살며시 비틀렸다.

뿌드득.

순간 서귀의 머릿속으로 분노와 당혹을 모두 앞지르며 그
것들을 하얗게 지워 버리는 엄청난 고통이 파고들었다.

"크으으읍……?"

서귀의 악다문 눈꼬리 위로 굵은 힘줄이 불거져 나왔다.

소년이 탱글탱글 귀여운 볼살을 실룩였다.

"까분다?"

서귀의 머리를 밟은 발에 살짝 힘을 배가시키는 듯했다.

"…읍어어어— 아— 악!"

"……!"

기어이 서귀의 입에서 울부짖음에 가까운 비명이 터져 나
왔다.

그것도 겨우 소년의 발에 머리를 눌린 것 따위에.

용천장의 서 총관이.

천하십강의 금강영왕이라는 그가 말이다.

"……!"

"……!"

손괴 등 화산파 문인들과 연산홍의 경악한 눈이 서귀의 머

리를 밟고 있는 소년을 향할 수밖에 없었다.

*　　　*　　　*

화산파 제자들은 물론 심지어 그들을 대표하는 손괴조차
도 조금 전 무슨 일이 벌어진 건지 정확히 알지 못했다.

눈 깜짝할 사이, 그저 본 것이라곤 소년이 땅바닥에 널브러
진 서귀의 머리를 밟고 있는 것뿐.

말 그대로 정말 눈 한 번 깜짝할 사이였다.

소년이 언제 저쪽에서 이쪽으로 왔는지, 금방이라도 가공
할 기파를 터뜨릴 것 같던 서귀는 또 언제 어떻게 기절해서
쓰러진 건지.

그런 서귀가 다시 깨어난 것도 불과 숨 두서너 번 들이쉬고
내쉴 아주 짧은 순간에 불과했다.

정작 그 당사자인 서귀가 어리둥절한 표정을 짓다가 이제
는 목이 찢어져라 비명을 내지르고 있으니.

'꿈을 꾸고 있는 것인가.'

대장로 손괴는 헛소리란 걸 알면서도 진지하게 고민했다.

천하십강의 초인이 손 한 번 써보지도 못하고 기절했다?

그것도 솜털도 가시지 않은 소년에게?

정녕 저 소년의 발 하나에 눌려 볼썽사납게 버둥거리며 무

림초출의 애송이처럼 수치를 모르고 비명까지 질러대는 자가 금강영왕이 맞단 말인가.

'아무리 고통스럽다 해도 그렇지. 강호무림에서 위치가 있는 자가 어찌 체통도 잊고 저리 크게 비명을……'

손괴의 표정이 괴상하게 변했다.

검신 태사조에게 죽은 칠절패도 여양종도 천하십강 중 한 명이고, 그 여양종이나 서귀 사이에 큰 격차가 있는 것은 아니다.

이미 여양종의 죽음도 경험한 손괴와 화산파 문인들이지만, 그래도 여양종은 백 년 전 천하제일인이자 검신이란 무적의 수식이 붙은 태사조에게 당했다. 그러니 놀라기는 했어도 받아들이지 못할 일은 아니었다.

하지만 이번엔 경우가 완전히 달랐다.

'어찌 일개 소년에게… 대체 저 아이는 누구란 말인가……. 지금 무슨 일이 벌어지고 있는 것인가…….'

정상적인 생각을 할 수 없을 만한 일이 벌어지고 있는 것이다.

그때였다.

스르릉!

"……!"

서귀를 밟고 서 있는 소년의 앞으로 소리보다 먼저 흐릿한

잔상이 불쑥 솟아났다.

쫘아아아악!

흡사 대기가 찢어발겨지는 것 같은 파열음.

잔상 중에 가장 먼저 또렷하게 형상을 맺은 주먹이 벼락같이 튀어나오는 순간이었다.

소년은 눈앞으로 들이닥치는 주먹을 보고도 눈 하나 깜짝하지 않았다. 오히려 그걸 똑바로 응시하며 곧바로 주먹을 맞받아쳤다.

쾅!

주먹과 주먹이 충돌한 순간 믿기지 않는 폭음이 터져 나왔다.

흐릿하던 잔상이 뒤늦게 연산홍으로 변해가며 찰나지간 그녀의 반대편 주먹이 발작하듯 튀어나왔다.

콰쾅!

무지막지한 풍압이 반탄되어 돌아오며 연산홍의 곱게 빗어 내린 머리카락이 미친 듯이 나부꼈다.

연산홍은 무표정했다.

최초로 내지른 그녀의 주먹은 어느새 어깨를 지나 등 뒤로 바짝 당겨져 있었다.

연산홍을 바라보는 소년의 눈이 번뜩였다. 마치 '이것 봐라?' 하는 듯한 표정이었다.

바짝 당겨진 연산홍의 주먹이 활짝 펴진다 싶더니 다섯 손가락이 모이며 칼날처럼 빳빳이 세워졌다.

그리고 가냘픈 외모로는 상상할 수 없는 격렬한 움직임을 터뜨리며 손끝이 탄환처럼 소년의 인후혈을 향해 직격했다.

쥐고 있던 주먹으로 반격하려던 소년이 순간 멈칫하며 어떻게 받아칠지 애매한 표정을 짓다가 주먹을 펴 손바닥으로 앞을 막았다.

쾅!

콰쾅!

콰콰쾅!

거대한 울림이 연속으로 화산을 뒤흔들었다.

졸지에 구경꾼 신세가 된 화산파 제자들의 눈이 화등잔만하게 커지고 대장로 손괴는 눈가가 경련할 정도로 떨었다.

서귀의 머리를 밟고 있던 소년이 충돌의 여파로 한 걸음 뒤로 물러났다.

그 때문에 서귀는 머리가 밟힌 치욕스런 상태에서 벗어났다고 할 수 있었다. 비록 소년이 고작 한 걸음 떨어진 곳에 서 있기는 하지만.

반대로 온몸을 날려 무시무시한 공세를 펼친 연산홍은 화산파 제자들이 고개를 좌에서 우로 완전히 돌려서 확인해야 할 정도로 멀리 밀려난 상태였다.

손괴는 널브러진 서귀의 앞에서 멀리 연산홍이 있는 곳까지 두꺼운 땅거죽이 길게 패인 두 줄기 고랑을 쳐다봤다.

그 고랑의 마지막엔 마치 뿌리를 내린 것 마냥 발목까지 뚫고 들어간 연산홍의 다리가 보였다. 온통 흙먼지로 뒤덮인 그녀의 다리는 갈지자로 쭉 벌어진 채 땅속에 박혀 있는 것이었다.

"흠……."

소년이 제 손바닥을 쥐었다 폈다 하며 재밌는 장난감을 발견한 표정으로 연산홍을 쳐다봤다.

그녀의 손날이 손바닥 중간에 닿는 순간 와락 잡아채려 했다. 충격 따위는 신경도 쓰지 않았다.

하지만 그때 예상하지 못한 일이 벌어졌다.

손날의 끝과 충돌한 여파가 채 사그라지기도 전에 연산홍의 예리하게 선 손가락들이 직각으로 접히며 한 번, 다시 완전한 권의 형태가 되어 연격을 퍼부은 것이다.

한 점에 내외공이 최고조로 응축된 공격이 중첩되자 꿈쩍도 하지 않을 것 같던 소년의 몸도 반탄되는 힘의 여파로 한 걸음을 밀려나야 했던 것이다.

하지만 소년은 오히려 기쁜 표정을 지었다. 마치 옛적 동무를 다시 만난 것 같은 눈빛으로.

"하도 오랜만이라 좀 놀랐네? 관수(貫手)에서 편권(片拳),

그리고 횡권(橫拳)으로 이어지는 주먹질이라…….'

소년의 중얼거림에 연산홍이 땅거죽을 뚫고 들어간 양발을 뽑아 올리다 흠칫했다.

"무슨 기집애가 소림의 대금강권(大金剛拳)을 이렇게 잘 써? 너 애비가 누구야? 딸내미한테 가르칠 게 따로 있지? 이건 뭐, 가르친 애비를 걸작이라고 해야 할지, 아님 이 정도로 대성한 기집애를 괴물이라고 해야 할지, 참나!'

대금강권은 무림의 태산북두라 일컬어지는 북숭 소림사의 일흔두 가지 최강의 비기, 즉 칠십이종절예 중에서도 상위 서열에 수놓인 파괴적인 권공이었다.

때문에 재질이든 출신이든 아무나 익힐 수 있는 범주의 절학이 아니었다. 거기다 소림사 본산에선 아녀자에게 사승의 연을 맺지 않는다는 계율도 있다.

예외라면 속가제자가 본산의 허락을 받아 일대에 한하여 직계 자손에게만 전하는 방도뿐.

아직 솜털도 가시지 않은 소년은 소림사의 비기 중의 비기라 할 수 있는 대금강권을 한눈에 알아보았을 뿐만 아니라 그에 관한 소림사와 문규에 해당하는 계율까지 꿰차고 있음을 시사했다.

연산홍은 여전히 감정을 드러내지 않았지만 역린이나 다름없는 아버지에 대한 소년의 무례한 언급에 화를 낼 여유도 없었다.

"서 총관, 물러나세요."

"누구 마음대로?"

소년이 끼어들었지만 연산홍은 개의치 않았다.

"서 총관……."

"어디 해봐. 무슨 일이 벌어질까나?"

"서 총관!"

"쟤는 잘 몰라. 쌍통이 살짝 눌렸을 때 어땠는지. 그치?"

소년의 이죽거림에 서귀가 모두의 눈에 보일 정도로 몸을
부르르 떨었다.

"서 총관!"

"……."

연산홍은 쓰러져 있는 서귀에게 눈빛으로 강하게 종용했
다. 서귀가 땅을 짚다 만 손가락을 움찔움찔거렸다.

서귀는 기어이 일어서지 못했다.

그런 서귀의 표정은 부끄러움과 수치심, 죄스러움 등의 심
사가 뒤엉켜 복잡해 보였다.

서귀가 끝내 몸을 일으키지 못하자, 이 같은 사태에 연산홍
의 표정은 더욱 돌덩이처럼 굳어지고 화산파 제자들은 자신
들의 눈을 의심했다.

천하십강의 금강영왕이, 용천장의 그 서귀가 겨우 말 몇 마

디의 협박에 고개를 숙이다니?

연산홍은 서 총관에게서 시선을 거둬 다시 소년을 응시했다.

소년이 나타난 순간부터 모든 예상과 상식을 벗어나는 일련의 사태에 일체의 고민을 지우고 우선적으로 오직 서 총관을 구하는 데만 집중한 그녀다.

하지만 목적을 이루지 못했다.

전력을 다한 것뿐만 아니라 기습적인 선공이었음에도 불구하고 겨우 소년을 한 발짝 물러서게 만든 것이 전부였으니까.

하지만 그 정도만 해도 서귀는 충분히 몸을 뺄 수 있었다.

그 정도의 틈이라면 말이다.

아니, 천하십강 중의 한 명이라면 싸움이 그치기 전, 연산홍이 언질을 주기도 전에 소년이 한 발짝 물러나는 순간에 이미 몸을 빼냈어야 했다.

하지만 현실은 싸움도 멈추고 소년도 틈을 보이며 물러난 상황에서도 서귀 스스로가 몸을 빼내지 못한 것이다. 아니, 그럴 의지조차 없는 것이다.

연산홍은 북해의 차가운 바다에 빠진 듯 전신의 피가 싸늘하게 식는 느낌이었다.

총관 서귀의 이런 모습은 그녀로서는 상상도 해본 적이 없는 상황이었기 때문이다.

설령 목에 칼이 들어와도 자신의 명이라면 웃으며 칼끝에 목을 들이밀 서귀가 대체 이게 무슨 꼴이란 말인지.

연산홍이 소년을 향해 말했다.

"누구냐? 신분을 밝혀라."

소년이 콧방귀를 꼈다.

"남의 집에 무단으로 쳐들어와서 시비를 거는 주제에 누구 보고 신분을 밝히라 마라야?"

"네가 상관할 바가 아니다."

"상관있어."

연산홍의 무뚝뚝한 대꾸에 소년이 거두절미하고 다부지게 턱을 치켜세우며 말했다.

"난 남이 아니야."

"……?"

소년의 대답에 오히려 화산파 제자들이 어리둥절한 표정을 지었다.

남이 아니라니? 그가 화산파와 관계가 있단 말인가?

손괴가 반사적으로 등 뒤를 돌아봤다.

누군지 아느냐는 눈길이었다. 하지만 산문 앞 화산파 제자들은 하나같이 고개를 흔들었다.

그리고 소년의 폭탄선언이 이어졌다.

"검신이 내 사부거든."

"……!"

가장 가까이 소년의 발치께 엎어져 있던 서귀가 저도 모르게 몸을 뒤집어 황당한 얼굴로 소년을 쳐다봤다.

앞뒤 자르고 단도직입으로 내뱉은 소년의 말은 엄청난 파장을 몰고 왔다.

"소시주, 말이라는 것은 한 번 내뱉으면 주워 담을 수가 없네. 방금 한 말에 대해서 책임을 져야 할 걸세."

손괴의 주름진 얼굴에 분노한 빛이 가득했다.

손괴뿐 아니라 화산파 문인 모두가 하나같이 크게 화가 난 표정과 살벌한 눈빛으로 소년을 쏘아붙였다.

하지만 소년은 오히려 그런 화산파 제자들의 모습에 뭐가 좋은지 싱글싱글 웃는 표정이 넘쳐났다.

연산홍은 굳이 화산파의 반응이 아니더라도 소년의 말에 일고의 가치도 느끼지 않았다.

하지만 소년의 말장난과 처해진 상황에 화가 난 그녀는 평소 성정으로 보기 드문 거친 독설을 내뱉었다.

"어린 것이 힘만 믿고 까부는 꼴이 안하무인이군."

소년이 피식 웃으며 연산홍을 봤다.

"어린 것이 힘도 없으면서 까부는 꼴이 더 우스워."

소년의 대꾸에 연산홍이 입술을 깨물었다.

'요악한 놈. 나불나불 한마디도 안 지는구나.'

힘으로도 이득을 보지 못한데다 말로도 되지 않으니 소년을 상대하면서부터 무엇 하나 의도대로 되는 것이 없었다. 점점 그녀의 속에서도 부아가 치밀어 올랐다.

"검신은 백 년 전의 인물이다. 네가 어찌 제자가 될 수 있단 말이냐?"

"증명하면 되지."

연산홍이 소년의 말에 코웃음을 쳤다.

"무슨 증표나 검신의 물건이라도 있는 모양이지? 진위를 가려줄 검신도 없는데 화산파가 바보천치인 줄 아느냐?"

연산홍의 말은 사실상 화산파에다 대고 하는 말이나 다름없었다. 절대 사실일 리 없겠지만 만에 하나의 경우가 있더라도 어수룩한 화산파가 경각심을 가지길 바라는 마음에 에둘러 전한 것이다.

소년은 연산홍을 보며 또다시 히죽 웃었다.

한쪽 입꼬리가 말려 올라가는 모양새가 마치 '네 의도는 빤히 다 보여'라고 말하는 것 같았다.

"당연히 있지. 증표가."

"네가 그 어떤 증표를 보인다 한들……."

그때 소년이 양손을 불끈 움켜쥐며 가볍게 전신을 웅크렸다가 기지개를 켰다.

"웃차~!'

츠— 아— 앙!

"……!"

순간, 어느새 눈으로 뒤덮여 새하얀 설경이 된 주변으로 별 안간 자줏빛 강렬한 광채가 뻗어 나가기 시작했다.

손괴는 경악했다.

그리고 뒤를 이어 순차적으로 장내에 있던 모든 화산파 제 자의 얼굴 위로 경악한 빛이 떠올랐다.

"억?'

"저, 저저저 저건?'

"맙소사? 사형, 설마……?'

주변을 물들인 자줏빛 광채의 진원지.

반투명한 자줏빛 구체 안에서 소년이 씨익 웃으며 말했다.

"이래도?'

눈을 쏘는 자줏빛 광채와 마주한 연산홍의 아름다운 눈동 자가 전에 없이 격하게 흔들렸다.

서귀는 충격이 컸는지 얼굴에 한 점 핏기도 찾아볼 수가 없 었다.

그들 중 그 누구도 온통 시야를 눈부신 자색 광채로 가득 메운 기경을 경험해 본 자는 없었다.

심지어 대장로 손괴마저도.

하지만 그들은 그 광채가 무엇인지 직감적으로 알았다.

손괴가 신음하듯 뇌까렸다.

"…자(紫) …하(霞) …신(神) …공(功)."

화산파 제자들이 후들거리는 다리를 주체하지 못하고 몇몇이 털썩털썩 무릎을 꿇었다.

화산파 최고의 절학.

화산파 최강의 신공.

그 어떤 수식으로도 모자라는 말이다.

화산파가 최고의 전성기를 구가하던 약 백 년 전을 마지막으로 더 이상 볼 수 없었던 전설의 비예.

자하신공(紫霞神功).

바로 그 자하신공이다.

기록상으로만 남아 있을 뿐, 절전된 지 백 년이 넘은 신화 속에 묻힌 전설의 귀환 앞에 장내의 모든 이가 할 말을 잃었다.

계승이 끊어진 지 일이십 년도 아니고 무려 백 년이다.

백 년 이래 화산파는 자하신공을 연성한 인재를 단 한 명도 배출하지 못한 것이다.

역대 장문인은 물론이거니와 비록 축출파문이란 비극으로 막을 내리기는 하였으나 백 년에 한 번 나올까 말까 한 기재라 평가받은 장평의 스승조차도 포기하고 만 고심막측한 절학이다.

"더 보여줄까?"

"……."

연산홍은 욕지기가 목구멍까지 올라오는 것을 간신히 참았다.

아울러 새하얀 이를 활짝 드러내며 웃는 낯짝을 짓이기고 싶은 충동도 억눌러야 했다.

"정, 정녕, 그것이 태사조께서 전하신 자하신공이란 말이오? 소시주가… 소시주가… 진정 태사조님의 의발전인이란 말이오?"

간신히 정신을 수습한 손괴가 여전히 격동을 가라앉히지 못한 채 떨리는 목소리로 물어왔다.

소년이 싱긋 웃는 표정으로 고개를 끄덕였다.

하지만 그 속내를 알았다면 손괴는 실어증의 충격을 받거나 혈압으로 쓰러질지도 몰랐다.

'사실 한호는 자하신공을 몰라. 왜냐? 애초부터 안 익혔으니까.'

실로 천인공노할 진실이 아닐 수 없었다.

손괴가 노안 가득 눈물을 적시며 두 손을 앞으로 가지런히 모아 허리를 숙였다.

"아니?"

"대사백!"

"사조님!"

"장로님께서?"

화산파 제자들은 손괴가 갑자기 소년을 향해 허리를 숙이며 머리를 조아리자 깜짝 놀랐다.

하지만 소년은 조금도 당황하지 않고 오히려 당연하다는 듯 고개를 끄덕이기까지 했다.

'내 이럴 줄 알았다. 고지식하고 융통성 없는 것이 좋을 때도 있을 줄이야. 하하!'

젊다고 말하기도 뭐할 만큼 어린 소년이 겸양도 없이 뻔뻔히 늙은 도사의 인사를 받는 광경.

그러면서 짐짓 예를 거두라는 아랫사람을 향한 투의 손짓까지 내젓자 화산파 제자들은 말할 것도 없고 제삼자의 입장인 용천장의 연산홍과 서귀도 기가 막혔다.

'아무리 그래도 그렇지. 화산파가 제정신이 아니구나!'

'어린 것이 너무 방자하구나.'

하지만 이는 연산홍과 서귀의 시선과 입장일 뿐이었다.

손괴가 소년을 향해 조아렸던 고개를 천천히 들어 올리며 물었다.

"삼가, 화산파 제자 손괴가 여쭙습니다. 존함과 가문이 어떻게 되시는지……."

소년이 손괴의 곰팡내 나는 예법에 말허리를 뚝 자르며 대답했다.

"염호! 그게 내 이름이야."

'염호?'

'염가 성이라……'

이름을 밝힌 소년의 말에 손괴보다 서귀와 연산홍이 먼저 머릿속으로 염씨 성과 관련된 무림의 계보를 그야말로 빛의 속도로 훑어 내려갔다.

"하면 가문은……"

"없어."

"……"

맹렬하게 머리를 굴리던 연산홍과 서귀가 염호라 이름을 밝힌 소년의 말에 생각이 뚝 끊겼다.

말인즉슨 천애고아라는 얘긴데, 서귀는 정체를 추정할 단서가 아예 없다는 사실에 허탈함이 밀려왔고 의심 많고 신중한 성격인 연산홍은 더욱 미심쩍은 눈으로 소년 염호를 쳐다봤다.

이래가지고선 그가 검신의 제자라는 진위 여부를 객관적으로 확인할 근거가 없는 것이 아닌가.

한편, 그녀와는 반대로 한 점의 의심도 없이 고개를 주억이는 손괴를 보며 염호는 겉으로 표는 내지 못해도 가가대소

했다.

'흐하하하하! 이제부터 난 염호다! 한호 이놈아! 네 이름은 그대로 가져가고 성을 한가에서 나의 염씨로 갈아치웠으니 이제 네놈 족보는 한가가 아니라 염가가 된 게야! 나 염세악의 승리다! 크하하하하!'

소년은 바로 검신 한호의 모습으로 강남무림의 절대자 야도(野刀)와 함께 동귀어진해 시신조차 남기지 못했다는 염세악이었다.

그런 그가 나이 백삼십의 쭈글쭈글한 늙은이 염세악이 아니라 팔팔해도 너무 팔팔한 십육칠 세 소년 염호라는 새 이름의 모습으로 돌아온 것이다.

하지만 염세악, 염호의 기상천외한 흉계에 모두가 속아 넘어간 것만은 아니었다.

지금껏 단 한 마디도 하지 않고 어깨에 커다란 도를 걸친 채 상황을 주시하고만 있던 파립의 도객.

그는 득의만면한 표정으로 의기양양해하는 염호를 보며 불과 한 달도 되지 않은 기억을 떠올렸다.

저 어린 소년의 낯가죽을 뒤집어 쓴 검신과의 대별산 백마첨봉에서의 첫 만남을.

*　　　*　　　*

"네가 날 죽여줘야겠다."

"……."

"멋대가리 없게 단칼 승부 같은 거 하지 말고, 네가 알고 있는 초식 중에 최대한 화려하고 허세 가득한 걸로 아예 이 일대를 초토화시켜 봐."

"……."

"혹시 여기 백마첨봉을 확 잘라 버릴 순 있냐? 무리면 네가 칼질 시늉만 하면 내가 적당히 뭉개주마."

뭐지?

이상한 늙은이다.

검신이란 자와 첫 대면한 느낌은 그랬다.

백 년 전 천하제일인이며 당대에도 없는 검신이라는 존호로까지 불린 신화적인 기인 중의 기인이라고 하지 않았던가.

목숨을 건 생사결을 앞에 두고 저런 헛소리라니.

남도련이 해체되고 강남무림이 쑥대밭이 된 것에 대해선 감정도 없고 관심도 없었다.

다만, 친우 사마군이 인질로 잡혀 험한 꼴을 당하고 있다기에 그것까지는 모른 척할 수가 없었다.

그리고 등지고 나온 가문이 풍비박산 났다는 소리를 들었다. 좋은 꼴을 보고 헤어진 것은 아니지만 그렇다고 자기 가문에 남이 해코지한 걸 용납할 만큼 물렁물렁한 성격도 아니다.

하지만 그런 것들보다 더 중요한 것이 있었다.

여양종이 반항 한 번 못 해보고 피떡으로 변해 죽어 나자빠졌다는 것.

실력도 없는 놈이 껄떡대고 다녀 좋게 본 적은 없었지만 어디까지나 자신의 기준에서였지 무림에서 그런 것은 아니었다.

어찌 됐든 여양종이 강남무림에서 자신 다음가는 실력자인 것은 분명했으니까.

거기에 백 년 전 천하무적의 절세고수였다는 사실이 호승심을 자극했다.

가장 소중히 여기는 수련을 중지하고 나설 결심이 서기까지 상당한 고심과 갈등이 있었던 것도 사실이었다.

하지만 일단 나서기로 결심했고 백마첨봉까지 오는 동안엔 건곤일척의 승부를 벌일 마음으로 가득했다.

그렇게 검신이란 자와 마주했다.

하지만 실력의 고하를 떠나 언행에서 느껴지는 인품에 적잖이 실망했기에 끼니와 잠까지 줄여가며 온 시간들이 아까워지려 했다.

처음부터 십성을 넘어선 십이성의 내외공으로 전력을 쏟

아부었다.

일격필살.

전설을 깨부수든 그 전설에 그 자신이 죽든 한 번에 끝낼 심산으로.

평생을 함께한 애도 칠야(漆夜)를 가슴 앞으로 내밀며 두 발을 하나로 모은 순간,

"응? 너 그거 굉천파황(轟天破荒) 기수식이냐?"

"......!"

하마터면 손에 쥔 칠야를 떨어뜨릴 뻔했다.

심장이 멎을 만큼의 충격과 놀라움을 느꼈기에.

지금껏 누구도 초식의 이름을 알기는커녕 도법조차 알아보는 이가 없었다.

검신이란 늙은이는 난처한 것인지, 짜증이 나는 것인지 애매한 표정으로 눈살을 찌푸리며 말했다.

"야도가 강남제일이니 무림제일도 어쩌구 하더니, 파천십이도결(破天十二刀訣)을 익힌 거였어?"

"......!"

그는, 야도는 비명을 지르고 싶었다. 아니, 환호를 지르고 싶었는지도 몰랐다.

평생을 익혔으면서도 자신조차 모르는 무명도법의 이름마저 알고 있었으니까.

도법의 이름을 안 것만으로도 주체할 수 없는 감격이 몰려왔다.

이름도 모르는 도법을 평생 궁구하며 살아온 세월은 아무도 짐작하지 못할 것이다.

비록 도법을 완성한 지 오래고 보다 높은 경지를 찾아 헤맨 세월 역시 한참이지만 그래서 고마운 마음이…….

"그 나이에 그 정도 경지가 가상하긴 하다만, 날 너무 물로 보는구나."

"……?"

파립을 눌러쓴 야도의 강인한 얼굴 위로 의아한 기색이 피어올랐다.

"파천십이도결의 몇 가지 연환도식 중에서 성라개옥(星羅開獄)으로 먼저 도세를 열어 굉천파황을 극대화시켜도 받아줄까 말간데 칠 할로 줄어든 그 위력으로?"

'칠… 할?'

야도의 얼굴에 당혹감이 어렸다. 자신이 알고 있는 초식 중 가장 강력한 도격이며 비장의 최후 초식이자 이미 완성하여 끝을 본 초식이다.

그런데 그 위력이 본래의 칠 할이라고 말하고 있다.

하지만 그 당혹감보다 더 큰 당혹성이 뒤늦게 찾아왔다.

'성(星)… 라(羅)… 개(開)… 옥(獄)?'

맹세코 그로서는 처음 들어보는 말이었다.

가문을 뛰쳐나와 천하를 떠돌다 젊은 나이에 우연히 발견한 동굴의 벽에서 얻은 기연이지만 자신의 도법 중에 단연코 그런 초식은 없었다.

'초식 하나가 빠졌단 말인가? 필살의 최후 초식인 굉천파황은 있으나 아쉽게도 약간은 모자람이 있는 미완의…….'

"차라리 한 방에 결판을 볼 거면 그보다 훨씬 윗줄인 후삼식의 장마열천(藏魔裂天)이나 파천십벽(破天十壁)을 펼치든지, 아니면 마지막 최강의 초식인 시해몰천(尸解沒天)을 쓰지 그러냐?"

텅.

그는 그만 손에 든 애도 칠야를 땅에 떨어뜨리고 말았다.

그 자신도 모르는 초식명이 줄줄이 나오는데다, 그것이 후삼식이라고 말하고 있었다.

이는 곧 도법의 정수가 따로 있으며 단순히 미완의 도법이 아니라 반쪽 이하의 도법에 평생을 매달리고 그걸 완성했다며 착각해 왔다는 뜻이다.

"응? 설마? 모르는 게냐? 그런 거였어?"

"……."

따따부따 묻는 말이 쇠꼬챙이처럼 심장을 후벼팠다.

그 심정을 아는지 모르는지 기가 막히다는 음색이 튀어나왔다.

"허? 제대로 알지도 못하면서 그 정도 경지를 이뤘어? 이거 정말 놀랠 노자로군! 반쪽의 파천십이도결로 그 정도의 경지에 도달하다니?"

야도는 이제 정말 더 놀랄 기운도 없었다. 싸움에 미친 그였지만 싸울 의지도 없었다.

그저 저 백 년 전의 전설적인 기인에게 자신이 평생 익힌 도법이 본래 어떤 위력이었는지 그 연원이 어찌 되는지 그것만이라도 알 수 있다면 여한이…….

"그럼, 파천십이도결의 끝을 보았다는 최후 심득인 '지천(止天)'에 대해서도 모르겠구나?"

"……!"

순간 야도가 눈을 부릅뜨며 발작하듯 눌러쓴 파립을 벗어던졌다.

'끝을 보았다'는 말과 '지천', 즉 하늘을 멈추게 한다는 말이 그의 뇌리를 뇌성벽력처럼 울리며 커다란 충격을 가져다준 것이다.

뜻이 뭔지 모르지만 그것이 운명처럼 자신과 얽혀 있음을 본능적으로 느꼈다고나 할까?

몇 년 전부터 뭔가 닿을 듯 말 듯 안개에 쌓인 저 너머의 실체 없이 느껴만지는 벽이 드러날 것 같은 그런 느낌 말이다.

"도마(刀魔)가 얘기 안 하든?"

"……?"

"도마 몰라? 하긴 최강의 도객으로 한가락 하던 시절이 백년 전이니. 그 파천십이도결로 도의 끝을 본, 지천의 경지를 깨달은 놈이지."

"……."

"걔가 내 친구야."

그리고 일격필살의 결정타.

"가르쳐 줄까? 내가 아는데."

"……!"

第二章

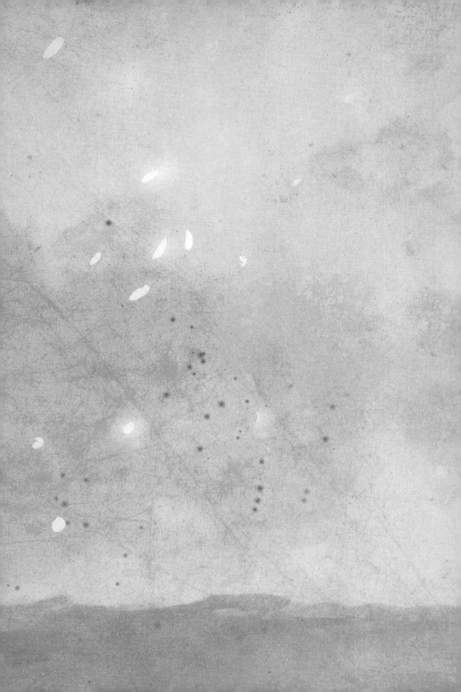

"그냥, 태사조라 불러."

　가볍기가 새털 같고 어디로 튈지 모를 장난스러움? 심술? 그런 것들이 느껴지는 염호의 목소리에 회상이 끊어지며 현실로 돌아왔다.

　어느새 손괴뿐만 아니라 화산파 제자 모두가 허리를 숙이며 고개를 조아리고 있었다.

　야도의 눈이 히죽거리고 있는 염호에게로 향했다.

　그가 뭘 하든 상관없는 일이다.

　하지만 도대체 무슨 생각으로 저러는지 이해가 안 가는 것은 사실이었다.

이 웃기지도 않는 짓거리는 뭐란 말인가?

왜 귀찮게 이런 짓거리를 일삼는단 말인가?

무슨 무림일통이니 천하패업이니 하는 암중 음모를 꾸미는 건 아닌 것이 확실했다.

머리 쓰는 거에는 약한 그지만 아무리 뭘 몰라도 저건 그런 것들과는 거리가 멀었다.

뭐랄까.

'격이 떨어져.'

"삼가, 화산파 제자 손괴가 태사조를 뵈옵니다!"

손괴가 선창하자 그 뒤를 이어 장내에 있던 화산파 문하가 모두 무릎을 꿇으며 제창했다.

"태사조를 뵈옵니다!"

염호가 뽀송뽀송한 턱을 한껏 당기며 고개를 끄덕거렸다.

"음~ 음~! 그래~ 그래~!"

손괴가 극공의 예를 취하며 말했다.

"제자를 보내 본산에 기별을 넣을 것이니 산으로 오르시지요. 장문인과 여러 제자가 탈각하신 태사조의 유지와 사승을 이은 분이 계신 사실을 알면 기뻐할 것이옵니다."

"그래. 가야지. 그럼!"

"……"

야도는 염호와 화산파 대장로가 주거니 받거니 오고 가는 대화를 보며 조금은 황당하지 않을 수 없었다.

화산파 같은 유서 깊은 전통의 도문이 출신 내력을 확인하는 절차가 이리도 쉬운가 싶어서다.

그냥 누구의 제자도 아니고 검신의 제자라고 사기까지 친 상황이다.

여양종이 화산파에 벌인 패악질로 인해 벌어진 사단과 검신이 강남무림에 남긴 행적은 가히 위업이라 할 만하지 않은가 말이다.

'아니, 사기는 아닌가. 그가 검신이니 검신의 제자라고 하기엔… 하지만 검신의 제자는 아니니까 속인 것은… 그렇다고 없는 사실을 거짓으로 꾸몄다고는…….'

야도는 꼬리에 꼬리를 무는 어지러운 생각에 골치가 지끈거렸다.

"잠깐!"

"……?"

화산파 제자들이 줄지어 도열하며 염호가 산문 안으로 들어오는 것을 예로써 맞이하려는데 염호가 손을 들어 제지했다.

어느 순간부터 모든 이목은 염호에게 넘어가 있었다. 그리고 우연인지 필연인지 그를 중심으로 모든 것이 흘러갔다.

염호가 손을 들어 발아래 서귀를 가리켰다.

"이놈은?"

"……!"

"감히 화산 앞마당에서 시비를 턴 놈을 유야무야 놔두고 갈 순 없지. 안 그래? 데려가서 아주 껍질을 홀라당 벗겨주마."

서귀의 얼굴이 흙빛으로 물들었다.

후환이 두려운 것이 아니라 대용천장의 총관으로서 겨우 화산파 따위에게 사로잡혔다는 사실이 강호에 알려져 용천장의 이름에 먹칠을 하게 될 미래가 두려워서다.

손괴가 그런 서귀를 향해 주름진 눈알을 부라렸다. 하지만 표정과 달리 염호에게 공손히 말했다.

"오늘은 경사스러운 날이니 그냥 놔주시죠. 또한 그는 용천장의 사람입니다."

"용천장?"

염호가 눈살을 찌푸렸다.

이미 남도련이란 이름을 앞세워 찾아온 여양종 때문에 얼마나 많은 일을 겪었던가.

그런데 당대 천하제일세이자 사실상 무림의 질서 위에 군림하고 있다는 그 용천장에서 온 자다?

서귀를 노려보는 염호의 표정이 대번에 좋지 않게 변했다.

연산홍은 염호의 눈길에서 비록 안하무인이긴 해도 그전까지는 없었던 맹렬한 적개심을 읽게 되자 바로 몸을 움직였다.

염호가 힘으로는 측량할 수 없는 무서운 고수임을 느낀 연산홍의 선택은 누구도 예기치 못한 일이었다.

츠카카캉!

"......!"

연산홍의 몸이 잔상조차 보이지 않을 정도로 대기와 마찰을 일으키며 전광석화처럼 쇄도해 들어갔다.

서귀를 보던 염호가 고개를 돌려 연산홍 쪽으로 시선을 돌렸다.

순간 염호의 표정이 괴이쩍게 변했다.

"이자를 살리고 싶다면 서 총관을 놓아줘라!"

"......."

염호의 눈이 연산홍의 칼처럼 꼿꼿이 선 손끝에 고정됐다.

급소에 닿아 있는 그녀의 손, 염호의 시선이 다시 그 목의 주인에게로 향했다.

파립을 눌러쓰고 거대한 도를 한쪽 어깨에 걸친 이.

손괴가 갑작스런 사태에 노해 부르짖었다.

"진정 수치를 모르는지고! 용천장은 남의 문파에 허락도 없이 무도하게 난입하고 행패를 부리는 것도 모자라 인질까지 잡아 겁박을 하는가!"

연산홍은 손괴의 노성 따위에는 신경조차 쓰지 않았다.

그녀도 자신이 살면서 이런 어처구니없는 하책을 손수 행하는 날이 올 줄은 꿈에도 몰랐으니까.

하지만 모든 상황을 종합해 그녀가 냉정하게 내린 결론은 일단은 화산에서 무사히 물러나야 한다는 것이며, 서 총관을 구해내야 한다는 것이었다.

갑자기 하늘에서 뚝 떨어진 자칭 검신의 제자라는 애송이에 대한 조사와 대응은 그다음이었다.

그 직후 그녀의 냉정한 눈에 들어온 것이 염호와 동행으로 함께 나타난 파립인이었다.

동행이라면 필시 가까운 사이일 것이니 그를 볼모로 서 총관을 구해내거나 교환할 심산이었다.

"흐응……."

연산홍은 염호가 묘한 콧소리만 내고 가만히 쳐다만 볼 뿐 대꾸조차 없자 자신이 옳은 선택을 했다고 여겼다.

급변한 사태에 당황한 것이 틀림없는 것이라고. 아무리 초절한 무위가 있다 해도 상대는 어리디어린 청년이 아닌가.

득세했다고 확신한 연산홍이 목젖을 겨눈 손끝에 더욱 힘을 줬다.

"어서! 이대로 피를 보고 싶으냐!"

"……."

염호는 물끄러미 연산홍을 쳐다보다 삐딱한 눈으로 파립인을 쳐다봤다.

"너 뭐하냐? 그러니까 재밌냐?"

"……?"

연산홍은 염호의 눈이 자신이 아닌 파립인에게 향해 있자 어이가 없었다.

그래서 소리쳤다.

"내 말이 허언으로 들리느냐!"

염호가 다시 말했다.

"안 가르쳐 준다?"

순간 파립인이 움직이자 연산홍이 눈썹을 홱 치켜 올렸다.

"내가 바보로 보이느냐!"

쐐애애액!

그녀의 빳빳한 손끝이 목젖을 꿰뚫을 듯 짓쳐 들어가고 반대편 손의 검지가 꼿꼿이 서서 급소 일곱 곳을 단숨에 짚어갔다.

츠츠츠츳.

순간 마치 유령처럼 미끄러진 파립인이 어깨에 걸친 도파를 움켜쥐었다.

도파를 잡은 그 손등으로 와락 힘이 들어가는 것이 한눈에 보일 정도.

턱!

"……!"

순간 연산홍은 파립인으로부터 폭출하는 파천의 기세에 경악했다.

차— 앙!

귀청을 울리고도 모자라 고막을 찢을 것 같은 커다란 쇳소리.

파립인의 손에서 도가 뽑혀져 나오는 찰나, 연산홍은 발을 놀릴 사이도 없이 전력을 다해 상체를 비틀었다.

쿠구구구구구구궁!

발밑을 요동치는 거대한 충격파가 들이닥쳤다.

그리고 장내의 모든 이의 고개가 똑같이 한곳을 향해 돌아갔다.

"으음……."

서귀가 신음성을 내지르며 힐끗 파립인을 쳐다봤다.

놀란 기색이 역력했다.

연산홍의 뒤쪽, 멀리 족히 백 장은 되어 보이는 고개 너머의 능선.

그 능선의 산허리 가운데가 지진이 일어난 듯 두 동강이 난게 보였다.

쩌저저저적!

연이어 산 아래쪽으로 뻗은 곳이 모래성처럼 허물어지며 구름 같은 먼지가 피어오르기 시작했다.

"헉!"

"마, 맙소사?"

"세상에!"

"저, 저런 가공할 도법이라니!"

화산파 제자들이 너 나 할 것 없이 경악성을 터뜨리며 눈이 튀어나왔다.

사람의 힘으로 겨우 단 한 번의 칼질로 산허리를 양단하는 것이 가능하단 말인가?

쿠르르르르릉―!

연산홍은 쉽사리 가라앉지 않고 화산을 뒤흔드는 산사태를 돌덩이처럼 굳어진 표정으로 응시했다.

"……."

"아하! 그러고 보니까 네가 규중화인지 뭔지 하는 용천장의 주인이구나!"

그제야 생각이 났는지 염호가 손뼉을 치며 소리쳤다.

연산홍이 고개를 돌려 바라보자 염호가 싸늘한 눈으로 마주보며 말했다.

"남도련이 까불다가 어떻게 됐는지 알지?"

"……."

한마디로 말해서 개기지 말라는 뜻.

물론, 여양종을 죽이고 남도련을 지운 건 이미 죽은 검신 한호다.

겁을 주려는 주체가 현재는 있지 않다.

하지만 검신의 제자라고 떠들어대는 어린 소년의 경지 역시 가늠도 가지 않는데다가, 방금 전의 무서운 일 초 도법을 선사한 파립인도 쉽게 승부를 장담할 수 없는 초인이다.

그럼에도 연산홍은 기가 죽지 않으려 애썼다.

"용천장은 용천장일 뿐, 남도련처럼 가지들이 모여 이룬 숲이 아니다."

"그래서?"

"용천장의 힘이 화산파에 집중되면 어쩔 것 같으냐?"

그 말에 염호의 고개가 삐딱하게 기울었다.

"빙빙 돌리지 말고 하고 싶은 얘기나 해. 진짜 한판 하자는 거야?"

"나는 애초 화산파에 손을 내밀려고 왔을 뿐이다."

"……?"

"용천장과 손을 잡으면 현재 섬서무림을 총괄하고 있는 종남파 대신에 전권을 화산파에 위임하고 또한 모든 지원을 아끼지 않겠다는 말을 하러 온 것이다."

손괴 등이 연산홍의 말에 크게 놀란 표정을 지었다.

하지만 염호는 오히려 더욱 표정이 안 좋게 변했다.

"그러니까, 화산파보고 용천장의 그늘로 들어와라?"

"그렇다."

연산홍이 고개를 끄덕이자 염호가 차가운 웃음을 지었다. 마치 하는 수작이 같잖지도 않다는 듯.

"니들이 뭔데?"

"……!"

"니들이 뭔데 누구한테 뭘 주고 말고야?"

"나는 용천장의……."

"씁—! 어린 것이 어디서 못된 것만 배워서!"

염호가 혀를 차며 하는 소리에 연산홍은 수치심과 동시에 내화가 솟구쳤다.

자신도 어린 나이지만 그보다 더 어려 보이는 소년에게 애 취급을 받으니 인내심마저 바닥난 것이다.

"놈! 잘 들어라. 무림에는 질서라는 것이 있다. 이 질서는 한 사람의 힘으로 변하는 것이 아니다. 화산파가 용천장이 내민 손을 거절……."

"개 풀 뜯어먹는 소리!"

"이… 이… 놈이 감… 힛!"

말허리가 뚝 잘린 연산홍이 두 주먹을 꽉 움켜쥔 채 부들부들 떨고 있을 때, 염호의 비아냥거림 섞인 음성이 이어졌다.

"귓구녕 씻고 잘 들어. 무림의 질서는 얼어 죽을. 내가 바로 무림 질서야!"

모멸감과 분노로 부들부들 떨며 말을 잇지 못하는 연산홍.

"내가 쉬운 방법 하나 알려줘?"

염호가 연산홍을 보며 이죽거리자 연산홍의 눈가가 꿈틀했다.

"이제 쉬운 방법이란 없다."

연산홍은 단호한 표정으로 손을 내저으며 더 이상 용천장과 화산파의 타협은 없다는 뜻을 내비쳤다.

평생 당해보지 못한 수모, 아니, 남은 평생을 다 살아도 겪지 못할 모욕을 겪었다.

마빡에 피도 안 마른 어린 녀석에게.

그때 염호가 손을 들어 연산홍을 가리켰다.

"바로 너."

"……!"

"너를 이곳에 확 가둬두면 어떻게 될까?"

"……!"

"그럼 용천장을 옴짝달싹 못하게 묶는 거 아냐?"

연산홍의 눈동자가 흔들리기 시작했다.

"더 나아가 너를 볼모로 용천장을 수족처럼 부릴 수도 있고. 아니면 싸움질을 붙여서 힘을 약화시킬 수도 있어. 그렇지?"

부르르르.

연산홍은 처음으로 오싹 소름이 돋았다.

그저 하는 말이라 치부하기엔 너무도 무서운 말이었기 때문이다.

간단한 계책 같지만 문제는 이런 경우의 수를 전혀 생각지도 예상하지도 못했다는 것이다.

"그러니까 까불지 마! 나 한다면 확 하는 사람이야!"

흠칫!

염호가 '확' 하는 소리를 내며 눈을 부라리자 연산홍의 몸이 절로 반 보 뒤로 미끄러졌다.

의지보다 먼저 일어난 본능적인 대응.

꼭 움켜쥔 그녀의 주먹이 부들부들 떨리기만 할 뿐, 그녀는 어찌 생각하고 어떻게 행동해야 할지 방법을 찾을 수가 없었다.

눈앞의 앳된 청년은 모든 것이 그녀의 사고 범주를 넘어서고 있는 것이다.

염호는 피식 웃은 뒤 여전히 엉거주춤 널브러져 있는 서귀를 바라봤다.

"언제까지 나자빠져 있을 거야? 빨리 안 일어나?"

픽!

"큭?"

부지불식간에 옆구리를 채인 서귀가 몸을 새우등처럼 구부렸다.

가벼운 발길질에도 내장이 진탕해 피를 토할 것 같은 고통이 엄습해 왔다.

서귀는 염호의 수법에 치를 떨었다.

겉보기에는 아무렇지 않게 손을 쓰는 것 같지만 당하는 사람만이 저 손짓 발짓에 담긴 악랄함의 실체를 알기 때문이다.

"안 일어나?"

후다닥!

옆구리를 붙잡고 나뒹굴던 서귀가 용수철처럼 몸을 튕겨 일어섰다.

"앞장서. 니가 저 계집 대신이야!"

발딱 몸을 세운 서귀의 엉덩이 골을 다시 한 번 걷어찬 염호가 입이 찢어져라 하품하며 기지개를 켰다.

"무림 질서? 혼자 많이 지키세요~"

서귀를 앞세우고 화산파 안으로 들어가는 염호는 끝까지 연산홍의 속을 뒤집어놨다.

그 뒷모습을 바라보던 연산홍이 입술을 피가 나도록 꽉 깨물었다.

그런 그녀의 시선이 산 아래쪽으로 향했다.

이대로 하산해 재빨리 용천장의 군세를 모은다면 승산은 분명 자신, 아니 용천장에 있었다. 아니, 이전까진 그랬는데 이젠 정말 모르겠단 생각이었다.

저벅저벅.

하지만 이젠 그마저도 쉽지 않았다. 불과 몇 발짝 건너 서 있던 정체불명의 파립인이 걸음을 옮겨 그녀의 시야를 가로 막은 것이다.

마치 꿈도 꾸지 말라는 듯.

"……."

연산홍이 눈동자가 암담한 빛으로 물들었다.

"너도 그냥 여기 남아! 잔머리 굴리지 말고!"

산문을 넘어서는 소년 염호의 음성이 연산홍의 귓가로 천둥처럼 내려꽂혔다.

*　　　*　　　*

"물럿거라―!"

경사의 구문(九門) 중, 덕승문(德勝門)을 통해 들려오는 고함 소리에 고개를 돌렸던 성도의 양민들이 너 나 할 것 없이 소스라치게 놀라 그 자리에서 엎드렸다.

길을 오가는 사람들뿐만 아니라 장사를 하던 이들과 호객을 일삼던 상인들조차 샛노래진 얼굴로 땅에 코를 박았다.

심지어 더러 비단으로 몸을 감싸 존귀한 신분으로 보이는 이들까지 슬쩍 눈을 깔거나 다른 곳으로 시선을 돌리기까지 했다.

모두가 숨을 죽이며 질식할 것 같은 정적이 갑작스레 찾아온 가운데 일단의 행렬이 대로 한가운데를 지나갔다.

머리를 눌러쓴 투구부터 머리끝까지 걸친 갑주는 온통 새까만 먹물을 부어놓은 듯한 흑색이다.

하지만 사람들이 놀라고 두려워하는 것은 그 거칠고 위압감을 풍기는 갑주가 아니었다.

오히려 그 반대로 듬성듬성 갑주 사이로 받쳐 입은 복색, 검은색과 대조적으로 화려하게 눈에 들어와 박히는 금색 옷감이었다.

당금 경사를 통틀어 가장 두렵고 무서운 것이 있다면 바로 저 옷을 입은 자들이기에.

어찌나 무서운지 그들이 안에 받쳐 입은 저 의복을 가리켜 비어복(飛漁服)이라 부르는 것까지 모르는 자가 없을 정도였다.

바로 황제를 보위하고 황궁을 지키며 경사를 감찰하는 공포의 상징, 금의위(錦衣衛)였다.

살기등등한 눈빛을 뿌리며 대로의 양쪽으로 열을 나누어 수십의 금의위가 지나가는 행렬의 가운데 이질적인 존재가 섞여 있었다.

백발백염의 검은 도포를 걸친 자.

금의위 행렬이 지나가고 난 뒤 사람들이 쑤군거렸다.

"저번에 금의위 북진무사에서 방문이 붙었던 그 도사겠지?"

"도사 차림새인 걸 보니 그런가 보이."

"허! 저 도사, 황천행이 멀지 않았구먼!"

소식이 어두운 이가 무슨 일인지 궁금하다는 듯 물었다.

"금의위까지 나선 걸 보니 또 무슨 역모라도 있었나 보지요?"

"그게 아닐세."

"……?"

아니라니? 금의위가 나섰다 하면 십에 구도 아니고 백이면 백, 역모에 관련된 일이 아닌가.

"저 도사가 경사의 북쪽을 방비하는 장성의 수비군 첨사와 군관 여럿을 반병신으로 만들어놨다네."

"예에?"

병졸도 아니고 군관과 첨사라는 지체 높은 장수를 해코지했다는 말에 깜짝 놀랐다.

"그것뿐인 줄 아는가? 그것만도 엄청난 일인데 그도 모자라 요동총병의 사지근맥을 잘라 폐인으로 만들어 조정이 발칵 뒤집어졌다지?"

"요, 요요, 요동총병이요?"

"세상에!"

그때 또 다른 누군가가 의심쩍은 표정으로 물었다.

"아니, 그런 엄청난 일을 어떻게 그리 잘 아슈? 그처럼 대단한 일이 이렇게 알려졌다는 게 나는 이상하기만 하오만?"

처음 말을 한 이가 그 말에 혀를 찼다.

"쯧쯧! 뭘 몰라도 한참 모르는구만."

"뭐요?"

"이보시오. 우리 같은 천것들이 이 일을 어찌 다 알았겠소? 저 도사는 사람을 절단 내놓은 곳마다 직접 격문을 붙였다오. 거기다 꼭 백주대낮에 군중들 앞에서 사람을 잡는데, 그 목소리가 어찌나 큰지 우레처럼 울려서 천리 밖에서도 들린다는 소문이 자자하오."

"오오! 대단한 법력이구려!"

"보통 도사는 아닌 게 확실하지요."

"그럼, 댁은 도 닦은 도사라는 자가 나라의 장수와 관리들을 해코지하고 다니는 이유가 뭔지도 알겠구려?"

"당연한 소리요. 저 도사가 화산파의 도사랍디다."

"헉? 그 유명한 화산파요?"

"그렇소! 화산파에서 배신과 패륜무도한 짓을 저지른 속가 제자의 일문과 그 제자들을 벌하는 것이라 하더이다!"

"허! 스승과 부모는 같다 했는데 배신과 패륜이라니?"

"협? 그 말은 요동총병도 화산파 속가제자 일문이란 말이 아니오? 아니, 대체 그 속가문이 어디기에?"

자랑하듯 일의 전후 사정을 떠벌리던 장사꾼이 순간 주변의 눈치를 살피더니 목소리를 죽였다.

"놀라지 마시오. 천진벽력당이오."

"헉?"

"나는 새도 떨어뜨린다는 그 천진제일의 세도가 말이오?"

장사꾼이 고개를 끄덕였다.

"얼마 전에 횡액을 당해 멸문지화를 당했다던데? 그럼 저 도사가?"

"사달을 일으킨 장본인인 게지."

"허?"

제일 처음 물었던 이가 의아한 표정을 지었다.

"아니, 그럼 따지고 보면 크게 사달이 나긴 했어도 사사로운 일인데 어찌 얽었다 하면 역모 사건만 줄줄이 꿰는 금의위가 저 도사를 잡아가는 거요?"

"그게 다 이유가 있소. 어찌 보면 당연하지."

"……?"

"왜냐하면 말이오. 금의위의……."

남자의 목소리가 더욱 낮아졌다. 그리고 자연히 그를 둘러싼 사내들도 고개를 더욱 바짝 숙이며 모여들었다.

*　　　*　　　*

"이제 그만 왕몽을 끝장 내지."

"아직은 시기가 아니옵니다."

"그놈의 시기 타령은?"

"몇 번을 고심해도 모자라지 않는 것이 시기이옵니다."

"시기는 무슨? 그냥 간보기지. 대충 치자니까. 확 쓸어버리자구."

오가는 대화만 보면 시장통 뒷골목의 건달들이 밀실에서나 나눌 법한 대화였다.

하지만 대화가 오가는 곳은 천하에서 가장 존귀하고 범접할 수 없는 장소였다.

그것도,

"아우야, 웬만하면……."

"헛험! 이부상서이옵니다. 황상!"

무려 천자인 황제와 그의 친아우이자 만조백관의 으뜸이

랄 수 있는 이부상서의 대화.

"황상, 무릇 간신이라 함은 역적의 무리를 처단함에 있어 그 뿌리를 뽑지 않아 화근이 돼서 싹이 튼 무리이옵니다. 역당의 수괴뿐만 아니라 그 무리까지 일망타진하여야 황실의 안위와……."

"거, 잔소리는! 그만 좀 해. 앵무새도 아니고 무슨 말만 했다하면 글자 하나 안 틀리고 똑같이 말하나?"

"황상께옵서도 정확히 똑같은 부분에서 소신의 말을 끊지 않사옵니까?"

"어허? 무엄하도다."

"아우가 이 정도 말도 못합니까?"

"이부상서라며?"

"……."

"상서씩이나 돼가지고 군신의 예법도 모르나?"

"……."

"삐졌나?"

"……."

"삐졌어?"

"……."

"삐졌구만."

황제가 혀를 찼다.

"쯧쯧! 그렇게 그릇이 작으니 상서나 하고 있지. 짐 정도 그릇만 됐어도 확 거병해서 날 내쫓고 황제의 자리에 딱…….."

"황상!"

"귀 떨어지겠네."

이부상서 주겸이 정색하며 말했다.

"마지막까지 신중을 기해야 합니다. 왕 태사를 따르는 무리는 드러난 무리보다 가려진 무리가 더 많사옵니다."

황제도 장난 같은 기색을 지웠다. 하지만 항상 믿고 일을 맡겨왔던 아우의 말에 이번에는 그다지 동의하지 않는 표정을 했다.

"말이 역모지 왕 태사가 거병까지 할 정도는 아니잖나? 병권이야 나의 충성스러운 병부상서가 있고, 한 가닥 우려스러웠던 왕 태사를 따르던 일부 천진벽력당의 군부도 예상 밖의 일로 제거가 되고 말이지."

"아직 금의위가 남아 있지 않사옵니까."

주겸이 고개를 저으며 하는 말에 황제가 눈살을 찌푸리며 대꾸했다.

"어림군의 지휘사는 황실 종친이잖나?"

"다 아시면서 왜 그러십니까? 금의위가 금위군에 속해 있긴 해도 명목상일 뿐 이미 통제를 벗어난 지 오래이옵니다."

"어림군이 금의위 하나 장악 못하나?"

"시도는 해볼 수 있지만 어림군 안에도 왕 태사의 사람이 있을지 없을지는 장담할 수 없지 않사옵니까?"

"그럼 병부상서더러 경사수비군을 불러들여서 모조리 무장해제시키라고 하면 되잖나?"

"그것도 방법이긴 하지만 황상의 밀지를 경사수비군 총병에게 은밀히 전하는 것도 문제고, 또 밀지를 받아 군사를 이동한다 해도 반나절은 걸리옵니다. 이 때문에⋯⋯."

"에잇! 그래서 어쩌자는 거야?"

황제가 짜증이 나 버럭 성을 냈다.

"기왕 기다리신 것 조금만 더 인내를 더하소서. 금의위 도독 육도금에 대한 처분만 해결하면⋯⋯."

*   *   *

"육도금이냐?"

"이⋯⋯."

"도독!"

"고정하옵소서!"

금의위 내에서도 무소불위의 권력을 휘두르는 진무사 고력과 곽숭이 기가 막힌 와중에도 진노한 도독 육도금을 진정

시키느라 진땀을 뺐다.

"네가 육도금이냐고 물었다."

업무에 바쁜 남진무사와 북진무사가 동시에 입궁하여 금의위를 통솔하는 육도금과 함께 자리하는 것은 흔치 않은 일이다.

그만큼 사안이 중하니 그럴 수밖에 없는 것.

오죽하면 금의위가 진행 중이던 모든 임무 수행을 중단한 채 오직 이 일에 매달렸겠는가.

그리 크지도 않은 형장은 너비에 비해 사방의 담이 다른 곳보다 두 배는 높이 솟아 있어 밖의 전경은커녕 진무사의 호통 소리조차도 빠져나가지 못할 것 같았다.

그 형장의 사방으로 서슬 퍼런 기색을 뿜어대는 금의위 수백이 어깨와 어깨를 맞닿은 채 서 있는데 개미 새끼 한 마리 비집고 빠져나갈 틈도 없어 보였다.

그런 그들이 단 한시도 눈길을 떼지 않고 있는 것은 형장의 한가운데 사지가 결박당해 꿇어 앉혀진 머리 허연 늙은이였다.

바로 화산파에서 남도련의 여양종과 흉계를 꾸며 사문을 배신하고 패륜을 저지른 육기헌 일가의 문호를 정리하기 위해 하산한 신응담이었다.

가장 먼저 천진으로 곧장 가, 천진벽력당의 현판을 내리고 육기헌의 목을 친 신웅담은 그 후 천진벽력당에서 화산파의 무공을 익힌 자들을 찾아 긴 여정에 올랐다.

조정에 출사한 대부분의 천진벽력당 가인은 군부에 종사하는 무관이었다.

신웅담은 천진벽력당에서 입수한 족보와 명부를 바탕으로 변방과 국경을 떠돌아야 했다.

수군에 종사하는 죄인의 문호를 정리하기 위해 배를 타고 먼 바다까지 나가기도 했고, 경사를 넘어 화북의 북직례를 타고 올라가 장성 이북까지도 나갔다.

천진벽력당의 멸문지화 소식을 들은 이들 중에는 군사를 동원하여 안위를 지키려는 자도 있었지만 다 부질없는 짓이었다.

제아무리 많은 정병에 날랜 용장이라 하더라도 신웅담을 막기는커녕 그림자도 발견할 능력을 지닌 자가 없었던 탓이다.

평생을 수도한 도사는, 그것도 육대문파로 꼽히는 화산파의 도사는 애초부터 평범한 사람의 힘으로 어찌할 수 있는 수준이 아니었다.

도망치는 자들도 있었다. 하지만 부질없는 몸부림일 뿐이었다.

신웅담에게 나중은 없었다.

순서가 정해졌으면 무공을 회수할 때까지 오직 끼니를 때울 때를 제외하고는 잠도 거르며 끝까지 추적해 기어이 심줄을 자르고 공력을 전폐했다.

장성을 넘어 몽고의 유목민이 사는 곳까지 간 적도 있고, 사막을 건너기도 했으며, 거칠기가 맹수와 같은 여진족의 무리가 있는 곳까지도 서슴없이 들어갔다.

살려달라 애원하고, 부모와 형제를 내세워 눈물로 호소해도 예외를 두지 않았다.

이러한 일련의 과정들을 첩보와 추적을 통해 지속적으로 보고 받아온 북진무사 고력과 남진무사 곽숭은 그 내막을 속속들이 알고 있었다.

"당장… 당장 저놈의 주둥이부터 지지고 혓바닥부터 잘라라! 그다음에… 그다음에…….."

눈자위까지 시뻘겋게 충혈된 육도금이 어찌나 화가 났는지 말도 제대로 잇지 못했다.

"도독! 속하들이 개처럼 헐떡이며 살려달라 애원할 때까지 저 늙은이의 사지의 뼈와 살을 바르고 가죽을 벗겨놓을 테니 믿고 맡기시옵소서!"

"그렇사옵니다! 도독! 그것으로 되겠나이까? 금의위, 아니, 금위군을 전부 동원해서라도 화산파 도사라는 것은 모조리 도독 앞으로 잡아들이겠나이다!"

고력과 곽숭이 살기등등한 얼굴로 신웅담을 노려보며 진 노한 육도금을 한편으로 달래고 한편으로는 장단을 맞춰줬 다.

　"네놈이 조정의 관리와 군부의 장수를 능멸하고도 살아남 을 성싶으냐!"

　고력이 호통을 쳤다.

　"……."

　하지만 신웅담은 고력을 아예 쳐다보지도 않았다.

　그는 오로지 분기로 발을 구르는 금의위 도독 육도금 하나 만을 응시했다.

　"육도금이 맞느냐고 물었다."

　"……!"

　"뭐, 저런 미친……."

　고력과 곽숭이 황당한 표정을 지었다.

　육도금은 그저 살기로 번들거리는 눈으로 죽일 듯이 신웅 담을 응시했다.

　어차피 곱게 죽일 생각은 없으니 떠들 테면 마음껏 지껄여 봐라는 표정이었다.

　"촌구석에서 사이비 도나 닦아 지금 제놈이 어떤 상황인지 도 모르나 보군."

　"천한 놈! 네놈이 감히 도독의 가문에 그 참극을 벌이고도

무사할 줄 알았더냐!'

　곽숭이 노기로 허리의 검대를 퍽퍽 치며 호통쳤다.

　고력이 몇 번을 말해도 일별도 하지 않던 신웅담이 그 말에 처음으로 육도금에게서 시선을 떼 곽숭을 쳐다봤다.

　"도독의 가문이란 것이 천진벽력당을 가리키는 말이냐?"

　살려달라 애걸복걸하며 눈물콧물을 흘려도 모자랄 판에 태평한 신웅담의 태도에 곽숭이 버럭했다.

　"오냐! 그렇다! 도독의 가문이 천진벽력당이다!"

　"그럼 저놈이 육가가 맞구나."

　순간, 신웅담의 담담한 말투에 육도금이 간신이 붙들고 있던 이성의 끈이 툭 끊어졌다.

　"으아아아! 다 필요 없다! 내 저놈을 당장 죽여 버리고 말리라!"

　"도독!"

　"도독! 진정하십시오!"

　"성이 육가라고 했으니, 그럼 천진벽력당 육기헌의 장자 육도금이 맞으렷다?"

　이 상황에서도 꼬박꼬박 똑같은 말을 몇 번이고 물어오는 신웅담의 행동에 이제는 고력과 곽숭이 열이 받을 지경이었다.

　"오냐! 이 늙은이야! 도독께옵서 이 나라 최고의 명문인 천진벽력당의 장자니라!"

"쳐 죽일 놈! 내 금의위 진무사의 이름을 걸고 네놈의 방자함을 고쳐놓으리라!"

하지만 금의위 도독 육도금이 천진벽력당의 장자라는 말을 확인시켜 준 곽숭의 대답에 신웅담의 눈매가 숫돌에 벼린 칼날처럼 예리하게 일어섰다.

순간 신웅담이 무릎을 펴며 일어섰다.

툭, 투툭.

"엇?"

"어, 어떻게?"

"헉?"

여기저기서 놀람에 찬 소리가 당혹성이 터져 나왔다.

신웅담의 두 손 두 발을 꽁꽁 결박시켜 놓은 포승줄이 무슨 국수 면발처럼 너무나 맥없이 끊어져 버렸기 때문이다.

신웅담이 육도금을 보며 긴 한숨을 내쉬었다.

"이제야 돌아갈 수 있겠구나."

"……!"

"황상을 보위하라!"

"지위고하를 막론하고 출입을 엄금토록 하라!"

"옛!"

"반항하는 자는 즉시 목을 쳐라!"

"존명!"

이목을 피하기 위해 조당이 아닌 어화원에서 밀담을 나누던 황제와 주겸은 갑자가 담 너머 밖이 소란스러워지자 의아한 기색을 띠었다.

의문도 잠시, 곧 금위군의 수장인 어림군 지휘사 주휘가 황금갑주까지 걸치고서 반백의 수염을 흩날리며 달려왔다.

"황상!"

부복하는 주휘를 향해 주겸이 물었다.

"무슨 일이오?"

"자세한 것은 아직 파악되지 않았사오나, 정황상 파옥(破獄:죄수가 감옥을 깨고 달아남)으로 추정되옵니다."

황제가 그 말에 눈썹을 실룩였다.

"파옥? 형부에 무슨 중죄인이 있다고 파옥까지 벌어졌단 말인가?"

파옥은 참형으로 다스린다. 더구나 황궁 안의 형옥이 아닌가?

죽음을 면치 못할 중죄가 아니라면, 아니, 설령 그렇다 하더라도 구족이 멸하는 화를 당할 각오가 아니면 파옥은 엄두도 못 낼 중죄였다.

황제가 알기로 근자에 그런 파옥까지 저지를 만큼의 중죄인이 형옥에 있지는 않았다.

말인즉슨, 직무를 태만한 것이 아니냐는 지적이다.

주휘가 고개를 조아렸다.

"아뢰옵니다. 형부가 아니옵니다."

"……?"

형부가 아니라니?

"조옥(詔獄)인 것으로 보고를 받았나이다."

"……!"

황제와 주겸의 표정이 살짝 굳어졌다.

조옥은 형부가 아닌 금의위가 독립적으로 관장하는 형옥이었다.

"황상, 소신과 어림군이 보위하겠나이다. 따르소서."

군례를 올린 주휘가 벌떡 일어섰다.

파옥이든 아니든 황궁 안에서 변고가 발생하면 가장 우선은 황제의 안위였다.

어림친위군의 지휘사인 주휘는 그 절차에 따라 어림군과 함께 황제를 위험으로부터 안전하게 지키기 용이한 곳으로 이동코자 함이었다.

어화원을 나선 황제와 주겸은 어림군의 호위를 받으며 내정(內廷)을 향해 빠르게 이동했다. 그때까지도 소란이 잠잠해지기는커녕 여기저기서 부는 호각 소리와 호통 소리가 더욱 커져만 갔다.

멀리 건청궁이 보이자 주휘의 강직한 얼굴에 한 가닥 안심하는 기색이 스쳤다.

이미 명을 내려 어림군 중에서도 신임하는 정군들에게 일러 건청궁을 철통같이 지키고 있으라 명해놓았기 때문이다.

"황상, 이제 안심하옵소서. 이제 건청궁 안으로 드시오면……."

차차차차창!

"……!"

으— 아— 악!

"막아라—!"

"물러서지 마라!"

황제와 주겸이 우뚝 발걸음을 멈춰 세우는 것과 동시에 주휘와 어림군이 칼자루를 쥐며 전방을 노려봤다.

병장기 소리와 호통 소리가 바로 앞 건청문 너머에서 들려왔기 때문이다.

"막아라! 무조건 막아! 저놈을 죽이란 말이다!"

발악하듯 외치는 소리에 황제와 주겸이 눈이 휘둥그레져 서로 눈빛을 교환했다.

"이봐, 저 목소린?"

"금의위 육 도독이옵니다."

의심할 여지가 없었다. 금의위 도독이란 직분의 특수성 때문에 밤낮으로 직접 육성 보고를 들어왔으니 육도금의 목소리는 눈을 감고 들어도 구별할 수 있었다.

"으, 으아악?"

점점 가까워지는 육도금의 비명 소리에 칼자루를 쥔 주휘의 표정이 심각해졌다.

'공포?'

틀림없이 비명 소리에 묻어 나오는 것은 두려움 가득한 공포심이었다.

황실의 종친으로서 태사 왕몽과 긴밀한 관계를 유지해 온 육도금을 마뜩치 않아 해오긴 했지만, 엄연히 그는 궁과 황실을 호위하는 금의위의 수장이었다.

그런 그가 공포로 비명을 지르다니.

'예삿일이 아니구나.'

어림군 정예가 집결한 건청궁 앞이라 안심했던 마음이 얼음장처럼 차갑게 가라앉았다.

쾅—!

"으, 으아아?"

"……!"

건청궁 문이 열리며 새파랗게 질린 얼굴을 한 육도금이 관모도 벗겨지고 머리카락도 산발한 꼴로 헐레벌떡 뛰어나왔다.

"으, 으아악?"

"커억!"

비명은 계속해서 들려왔다.

빡! 빠각! 퍽! 퍼억!

피륙이 으깨지는 선명한 소리에 육도금이 작살 맞은 새처럼 부르르 떨며 뒷걸음질 쳤다.

우두두둑! 뚝!

"흐윽?"

뼈가 으스러지는 소름끼치는 소리에 얼굴이 하얗게 질린 육도금이 주변을 두리번거리다 뒤늦게 주휘 등을 발견했다.

"지휘사 대인!"

챙―!

"……!"

"멈춰라!"

주휘가 칼을 빼 들며 허겁지겁 달려오는 육도금을 향해 폭갈을 내질렀다.

"지, 지휘사 대인? 지금 역도가… 역도가……."

육도금이 건청궁 쪽을 삿대질하며 더듬거렸다.

"황상을 보위하라! 그 누구도 접근을 허하지 말라!"

"존명!"

주휘의 추상같은 호령에 좌우의 어림군이 일제히 검끝을

앞으로 향하며 복창했다.

육도금은 그제야 뒤늦게 주휘와 어림군 뒤쪽에 서 있는 황제를 발견하곤 두 손을 미친 듯이 흔들며 소리쳤다.

"황, 황상! 황상! 소신 육도금이옵니다! 도독 육도금이옵니다! 황상!"

펑―!

"……!"

그때 건청궁 문 한쪽이 떨어져 나가며 육도금과 황제 일행의 머리 위를 지나쳐 날아가 바닥을 굴렀다.

쿠쿠쿵!

둔중한 지축음이 울려 퍼졌다.

두께가 어른 장딴지보다 굵고 무게로 치자면 수백 근은 나가고도 남을 문짝이 날아가는 광경에 모두가 입이 쩍 벌어졌다.

그때, 돌연 하늘 위에서 창노한 목소리가 울려 퍼졌다.

―육도금.

"헉?"

육도금이 기겁해 고개를 하늘 위로 꺾은 찰나, 황제 등은 하늘 위에서 불가사의할 정도로 천천히 지상으로 내려오는 신응담을 보며 눈이 휘둥그레졌다.

　백발백염의 고색창연한 빛바랜 득라의를 흩날리며 하강하는 신응담의 모습은 황제의 눈에는 선계에서 지상으로 강림하는 신선처럼 비쳐졌다.

　"으? 으아아아악?"

　하지만 육도금의 눈엔 신응담이 선계의 신선이 아니라 명부의 저승사자였다.

　"지, 지지 지휘사 대인! 지휘사 대인! 도와주시오! 뭐, 뭣들 하느냐? 어, 어서, 어서 저놈을 죽여라! 죽이란 말이다!"

　육도금이 황제 일행과 자신 사이의 지상에 내려온 신응담으로부터 주춤주춤 뒷걸음질을 고래고래 소리 질렀다.

　"명이 있을 때까지 누구도 자리를 이탈하지 마라!"

　주휘가 맞받아치듯 버럭 소리쳤다.

　"지휘사! 그보다 적부터……."

　"잠깐."

　"……?"

　주겸은 융통성 없는 주휘를 답답해하며 충고를 하려는데 황제가 손을 들어 제지하자 의아해했다.

　"황상, 어찌……."

　"생각 좀 해보고 결정하세나."

　황제가 코를 훔치며 딴청을 피웠다.

"아니, 지금 이 판국에 생각은 무슨 놈의······!"

주겸이 어이가 없어 벌컥 화를 내다 말고 갑자기 든 생각에 입을 다물었다.

그리고 친형이자 이 나라의 주인인 황제를 새삼스럽다는 듯 훑어 내렸다.

이 급박한 와중에 골칫거리인 육도금을 차도살인의 계책으로 제거할 심산임을 알아챘기 때문이다.

황제가 주겸을 힐끗거리며 말했다.

"눈길이 어째 불경스럽구만?"

"탄복해서 우러러보는 것이옵니다."

"말이 어째 비아냥 같구만?"

"존경스러워 올리는 말씀이옵니다."

"허? 그 옛날 강직하던 내 아우는 어디 갔는고?"

"무릇 정치란 강유가 겸비되어야 함을 깨달았지요."

지휘사 주휘는 제 버릇 개 못 준다고 이 판국에도 수작놀음을 하는 둘의 모습에 기가 막혔다.

신응담은 주변에 누가 있든 애당초 신경 쓰지 않았다. 오직 하나만을 제외하고.

이 여정의 마지막 마침표를 찍을 육도금을.

신응담이 검을 가슴 앞으로 세웠다.

"화산파! 칠십일 대 제자! 신응담! 기사멸조의 죄를 물어

문호를 정리하노라!"

"흐으윽?"

육도금의 얼굴이 샛노랗게 변했다.

퉁.

찰나의 순간, 황제와 주겸, 주휘뿐만 아니라 하늘이 무너져
도 꿈쩍하지 않을 것 같던 어림군까지 얼굴 가득 놀라움을 금
치 못했다.

데구르르.

황제 이하 장내의 모든 이가 공처럼 바닥을 굴러가는 육도
금의 머리를 쳐다봤다.

방금 전까지도 두려움 가득 거친 숨을 뿜어내던 육도금이 반
항은커녕 비명 한 번 질러보지도 못하고 목이 달아난 것이다.

마치 휘두르는 칼에 스스로 목을 내민 것처럼 너무도 간단
히 죽음을 맞은 육도금의 모습에 내심 그가 죽길 바랐던 황제
와 주겸마저도 꿈인지 현실인지 일시지간 머릿속에 혼란이
왔다.

신웅담이 뒤늦게 힐끗 황제 일행이 있는 쪽을 쳐다봤다.

주휘와 어림군이 그 눈길에 화들짝해 반사적으로 칼을 들
어 겨눴다.

하지만 신웅담은 황제 일행을 마치 싸움판을 기웃거리는
구경꾼 보듯 한 차례 일별하고는 손에 든 검을 바닥에 힘껏

내려쳤다.

푹―!

순간 황제 이하 모든 이의 눈이 동그래졌다.

늙은 도사가 내려친 칼이 바닥의 단단하고 두꺼운 청석을 무슨 두부를 가르듯 자루까지 그대로 박아 넣은 것이다.

"차핫!"

그리고 한소리 청명한 외침이 내정에 메아리쳤다.

황제 등이 깊이 박힌 칼자루에서 시선을 떼 고개를 들었을 때는 이미 한 마리 학처럼 하늘 위로 솟구친 신응담이 새처럼 훨훨 날아 까만 점이 되어 사라져 가고 있었다.

너 나 할 것 없이 모두가 넋이 나가 말도 없이 서쪽 하늘을 응시했다.

"……."

"……."

한참이 지나서야 주겸이 말했다.

"신, 신선이 따로 없군요."

황제가 꿈결같이 아련한 눈빛으로 대꾸했다.

"화산파라고 했지? 짐이 정중히 청해야겠어."

第三章

"그동안 어디서 지내셨는지요?"

"어디라고 딱 말하기도 그런 게, 산 좋고 물 좋으면 며칠 혹은 몇 달 지내다가 마음 바뀌면 옮기시곤 해서 말이야."

"……."

"알잖아? 워낙 조용한 걸 좋아하시다 보니, 사람들 사는 고을이나 큰 성도는 본 척도 않으시고, 유명한 명산대찰 같은 곳도 같은 이유로 피하셨거든."

"예. 태사조님께서 싫은 소리를 겉으로 하시는 성격이 아니신지라 그럴 만도 하시지요."

"무슨 소리야? 겉으로 하시는 성격이 아니라니? 한마디 툭 던질 때마다 사람 속을 얼마나 뒤집어놓는데? 사부가 화산파 본산에선 점잖 떠셨어? 성질도 안 부리시고?"

"허험! 허허험! 아니옵니다. 그보다, 태사조께서 수년 전 본 파의 장로와 연을 맺으신 일이 있는데 만나보시겠습니까?"

"응? 수년? 수십 년 전이라고 하던데? 지금은 장문인이라고 하셨고? 치매끼가 있으셨나?"

"으험! 으허허허험! 아니옵니다. 제가 그만 실언을 했사옵니다."

"으응, 그래?"

염호는 주위를 두리번거리며 손괴의 말에는 신경도 쓰지 않는 투로 대꾸했지만 속으로는 실소를 금치 못했다.

'요놈 봐라? 나를 떠보겠다고? 그 융통성 없는 성격에 참 애쓴다, 애써.'

역시 나이는 거저먹는 게 아닌지, 자하신공을 보여주었음에도 손괴는 정말 자신이 검신 한호의 제자가 맞는지 교묘한 언변으로 시험을 해왔다.

'그래 봐야 그놈이 나고, 내가 그놈인데. 큭.'

애초에 검신 한호가 아니라 천살마군 염세악이었다.

'염세악은 없다. 이제부턴 염호다.'

익숙한 건물과 도관 특유의 익숙한 향내가 코끝을 스치자 염호의 입가에 절로 미소가 드리워졌다.

어느새 화산파 도량의 본당이 코앞이었다.

처음 한호의 신분으로 오해를 받아 화산파 안에 발을 디딜 때만 해도 괜한 께름칙함과 불편함을 느껴야만 했다.

도가의 청정 기운과 상극인 천살마공 탓에 당시엔 그다지 좋은 기억이 없었다.

그런데 지금은 낡고 말라비틀어진 도관의 지붕과 처마와 기둥 사이에 먼지 묻은 거미줄이 이토록 반가울 줄이야.

'사는 게 참……'

백 년을 훨씬 넘게 살았어도 내일 무슨 일이 일어날지, 오늘 무슨 일이 또 닥칠지는 아무도 모른다.

내공을 쓰지 않아도 천이통(天耳通:아주 먼 거리의 소리도 자유자재로 들을 수 있는 능력)이 저절로 발현되는 염호는 벌써부터 본당 안에 부산스레 오가는 급박한 발소리에 실소했다.

'처음엔 전설의 검신 어쩌고 야단법석이더니, 이번엔 그 제자라고 한바탕 난리판이네.'

손괴의 안내를 따라 염호가 서귀를 앞세우며 걷고 그 뒤를 연산홍이 조금 떨어져서 따라왔다. 맨 뒤를 야도가 뒤따랐다.

염호는 화산파 도량 안으로 들어서며 주변의 눈길을 전혀 의식하지 않고 최대한 자연스럽게 행동했다.

그런 정도는 일도 아니었다.

화산의 물정을 전혀 모를 때도 한호 흉내를 기막히게 해냈는데 이제 그 제자 흉내 정도 내는 게 뭐가 대수겠는가.

아니나 다를까.

검신 태사조의 제자가 나타났다는 소식을 접한 순서대로 여기저기 기웃거리며 염호 일행을 뚫어져라 쳐다보는 도사들이 생겨났다.

그럼에도 누구 하나 떠는 이가 없었다.

바늘 하나만 떨어져도 그 소리가 메아리쳐질 것 같은 침묵이 팽배한 가운데 염호의 걸음이 계속되었다.

수군거림이나 그 어떤 동요도 없이 쥐 죽은 듯 조용한 상태로 자신을 뚫어질 것 같은 눈길로 쏘아보는 화산파 문인들을 대하며 쓴웃음을 지었다.

'어지간히 충격이 큰가 보군. 하긴, 내가 죽었는데 제자가 떡하니 나타났으니…….'

충분히 이해했다.

지객당을 지나 돌계단을 오를 때였다.

"헉?"

"……?"

갑자기 들려온 새된 비명에 염호가 고개를 돌렸다.

물동이 지게를 양어깨에 진 삼대제자 예닐곱이 한쪽으로

비켜서 있다가 동시에 약속이라도 한 것처럼 균형을 잃고 물동이를 엎질렀다.

허둥지둥 대는 젊고 어린 제자들의 모습.

'에휴! 짜식들, 놀라기는! 내가 뭐 그리 대단하다고.'

혀를 찬 염호가 다시 갈 길을 가려다 고개를 갸웃거렸다.

'가만? 뭔가……?'

이상함을 느낌 염호가 다시금 고개를 돌렸다.

'응?'

가만 보니 물동이를 엎지른 녀석들의 눈길이 하나같이 엉뚱한 곳을 향하고 있는 것이다.

'저놈들이 지금 어딜 보고……?'

염호가 눈길이 자연스레 그들의 시선을 따라갔다.

정면에서 왼쪽으로… 왼쪽으로… 왼쪽으로…….

천천히 좇아 시선이 멈춘 곳은 먼 곳도 아니고 바로 자신의 등 뒤였다.

다름 아닌, 규중화 연산홍.

염호의 표정이 다소 떨떠름해졌다.

그러다 문득, 고개를 돌려 방금 지나온 길 양쪽에 옹기종기 모여 서 있는 또 다른 젊은 제자들을 쳐다봤다.

'저게 뭐야? 눈깔이 왜 다들 저 모양이야?'

하나같이 눈에 초점이 없었다. 멍한 표정으로 헤 입까지 벌리고서 연산홍 하나만을 보느라 혼이 빠진 얼굴이었다.

'이놈들 봐라?'

염호가 볼을 실룩였다.

침묵의 진실은 염호 자신이 아닌 연산홍의 존재 때문임을 눈치챈 것이다.

정확히는 그녀의 아름다운 외모 때문.

연산홍에게 밀려 자신의 존재감이 완전히 없는 사람 취급을 받자 슬슬 심사가 꼬였다.

'이런 버르장머리 없는 것들! 아무리 여자 구경하기 힘든 도문의 제자라지만 나 죽은 지 얼마나 됐다고! 내 제자가 왔다는데 기집애한테 눈이 팔려? 천하의 불효막심한 녀석들!'

젊으니 그럴 수 있다. 한창 피가 뜨거울 테니 이해할 수 있다.

더구나 화산에 틀어박혀 줄기차게 무량수불이나 읊어댔으니 보통의 그 나이 때와는 다르니까.

하지만 지금은 자신이 오질 않았는가 말이다.

거기다 여자를 처음 봤으면 말도 안 한다.

현재 화산파에 머무르고 있는 속가제자도 있다. 연화팔문의 백소령이나 보화전장의 화소옥이, 염호가 볼 때는 그 둘도 절대 떨어지지 않는다고 생각했다.

차가운 빙옥을 보는 것 같은 백소령은 절로 꺾이지 않는 고

결함을 보는 것 같고, 화소옥은 그냥 그 자체로 화사해서 눈이 돌아갈 염태를 뿌렸다. 분명 둘 다 흔치 않은 미녀다.

그런 애들이 눈앞에 왔다 갔다 해도 눈 하나 꿈쩍 안 하던 녀석들이 묘한 꼴을 하고 있으니 염호가 화를 낼 만도 했다.

게다가,

'저놈은 삼덕이가 아닌가?'

삼덕이는 수련제자 신분으로 이제 열 살인가 열한 살인가 되는 꼬맹이 녀석이었다.

'얼씨구? 침까지?'

염호는 삼덕이 헤 벌린 입으로 침을 물처럼 흘리는 것을 보고는 기가 막혔다.

마빡에 피도 안 마른 것이 여자가 뭔지는 알고 저러나 싶어서다.

심통이 잔뜩 부풀어 오른 분노의 화살은 자연스레 연산홍으로 향했다.

'기집애가 이쁘면 뭘 얼마나 예쁘다고!'

신경질이 있는 대로 난 염호의 눈이 뒤처진 연산홍의 얼굴을 노려봤다.

'기집애가 이쁘면 얼마나…….'

"……."

'이쁘면 얼마나…….'

"……."

'이쁘… 면… 이쁘…….'

"……."

염호의 역팔자로 치켜 올라간 심술궂은 눈매가 보름달처럼 휘어졌다.

연산홍은 갑자기 따가운 정도가 아니라 뜨거울 정도로 느껴지는 염호의 시선에 고개를 들었다.

화들짝 눈길을 돌린 염호.

퍽!

"윽?"

"앞에서 뭘 알짱거려? 빨랑 안 걸어?"

염호가 서귀의 엉덩이를 발로 또 걷어찬 것이다.

천하십강의 일좌를 차지한 금강영왕 서귀의 처지는 도살장에 끌려가는 가축만도 못해 보였다.

연산홍의 눈빛 역시 고울 리 없었다.

그녀는 앞을 본 것을 벌써 후회했다.

오십이 넘은 서귀가 솜털도 가시지 않은 녀석에게 엉덩이를 걷어차이는 모습은 도저히 그냥 보고 있기 힘든 장면이기에.

*　　　*　　　*

화산파 장문인의 거처인 청풍각 안에 진무를 비롯해 본산의 장로가 모두 모여 있었다.

불과 한 식경 전까지만 해도 청풍각의 분위기는 멸문을 각오한 비장함으로 가득했다.

용천장으로부터 전달받은 배첩 탓이었다.

지난 몇 달, 여양종의 일을 기화로 하여 연이어 벌어진 시련과 풍파는 그들을 모질게도 강하게 담금질시켰다.

그래서 불과 두 달의 짧은 시간에 불과했지만 화산파는 많은 것이 변해 있었다.

화산이 왜 화산인가라는 물음.

이는 큰 깨달음이었고, 여전히 알 수 없고 불안하기만 했던 내일의 등불이자 이정표가 되었다.

장평을 잃고 연이어 사문의 큰 어른인 태사조 한호의 죽음을 받아들이는 과정을 통해 이제 화산은 달라졌다.

세상 만물에는 양면이 있어 눈에 보이는 것과 그렇지 않은 것이 있음을 보고 느끼게 된 것이다.

웃음 뒤에 숨겨진 비수.

호의 속에 숨겨진 계산.

순수함을 잃은 것은 아니나 순진함을 비우자 냉철한 이성이 올곧은 판단력을 키워냈고, 두 사람의 죽음을 통해 화산은 결코 망설이지 않고 우유부단하지 않는 결단력을 얻었다.

그래서 용천장의 배첩을 받았을 때 과거처럼 '이런 황망할 때가!'라고 대응하는 순진한 장로들은 없었다.

세상이 변하고 화산도 변했음을 이제는 알기 때문이었다.

삿되다, 속되다 하여 외면해 온 것들을 눈을 마주하고 귀를 기울여 돌아보았다.

그래서 이 모든 변화의 중심에 화산파가 있고 그 모든 것 안에 존재하는 화산파가 얼마나 중심을 잘 잡아야 하는지도 냉정히 직시했다.

용천장의 방문 의도가 애초부터 순수할 수가 없다는 걸 이제는 다들 너무나 잘 아는 것이다.

아무도 눈여겨보지 않고 관심을 두지 않았던 화산파에 천하제일세 용천장이 방문한다는 것 자체가 말이 안 되는 상황이기에.

진무와 장로들은 여러 말 하지 않아도 한마음으로 똘똘 뭉쳤다.

당면할 미래가 무엇이든, 어떠한 경우라도 지켜야 하는 것.

화산파는 절대 업신여김을 당하지 않으며, 당해서도 안 된다.

화산파는 절대로 무릎을 꿇지 않는다.

이것이다.

때문에 진무는 갈수록 몸이 쇠약해져가는 상황에서도 직접 나서 용천장의 내방을 불허하려 했다.

하지만 손괴 이하 장로들이 먼저 적극적으로 반대를 했다.

과거에는 무슨 결정이라도 무조건 장문인에게 묻거나 의지하던 것에 비해 장족의 발전이 아닐 수 없었다.

"일파의 장문이 빈객을 맞으러 산문 밖에 나서는 법은 없습니다."

"이런 일은 앞으로 장로들에게 맡기십시오. 나 손괴가 직접 그들을 상대할 것입니다, 장문!"

손괴, 그가 직접 나선다고 해서 용천장의 행차를 막거나 물릴 수 있을 거라는 생각은 누구도 하지 않았다.

물론 그것은 장문인 진무가 나섰다고 해도 마찬가지였을 터.

그럼에도 망설이거나 주저하지 않았다.

이제는 든든한 버팀목이자 그늘막이 되어주던 태사조 검신은 없지만 화산파는 더 단단해져 있었다.

그렇게 손괴를 내보내고 일전결사의 비장한 각오를 다지던 진무와 장로들은 전혀 예상치도 못한 날벼락 같은 소식을 듣게 된 것이다.

―태사조의 진전을 이은 제자 분을 모시고 오르는 중입니다.

산문에서 전해진 대장로 손괴의 전언.

황당하고 아연해하는 그들에게 소식을 전한 제자는 아직 약관도 되지 않은 소년이 용천장의 규중화와 천하십강의 금강영왕을 연달아 무릎 꿇렸음을 침을 튀겨가며 설명했다.

거기다 백 년 전에 절전되었다는 자하신공도 거론됐다.

진무와 장로들에겐 황당하다 못해 정신이 나가서 해대는 헛소리로밖에 들리지 않았다.

병색이 완연함에도 창백한 진무의 눈동자에는 전에 없이 노여운 기운이 가득했다.

'감히 어르신의 제자를 사칭하다니, 다른 사람은 몰라도 나를 속일 수는 없다. 어떤 고얀 녀석이 감히 어르신을!'

문파의 백 년 전 전설적인 기인이자 까마득한 배분의 검신 태사조.

하지만 진무에겐 그 이상의 의미가 있었다.

그에게 있어서 태사조는 문파의 어른 이상의 부모이자 스승이었으며 삶의 모든 지침이었다.

아니, 그것만으로도 부족했다.

그에게 있어서 태사조는 평생을 바른 길로 인도하고 위기와 고난이 닥칠 때마다 잘못된 길로 빠져들지 않도록 충고와 회초리를 든 이정표였다.

세상에 어떠한데 음험하고 교묘하고 사악하고 교활한 자

가 감히 태사조의 제자를 사칭한단 말인가.

하늘을 속일 수 없으며 자신을 속일 수 없다는 확신이 진무에겐 있었다.

자하신공.

진무는 그 모든 것을 완전한 거짓으로 받아들였다.

'어르신은 자하신공을 모른다.'

그렇다. 검신 태사조는 자하신공을 익히지 않았다.

진무는 과거 그와 나눴던 대화를 똑똑히 기억하고 있었다.

'자하? 자하신공 말이냐?'

'예, 어르신. 절전된 지 오래라 본 파 최고의 비전이란 자하가 어떤 모습인지 자못 궁금하여……'

'으험! 허허험! 비전은 무슨 비전! 공부에 높고 낮음은 없느니라. 깊이만이 다를 뿐.'

'허면?'

'흠흠! 나중에 보여줄게. 하여튼 내 자하신공은 공부하지 않았다. 도사가 무공 욕심내서야 되겠어?'

'옳으신 말씀이옵니다.'

분명 그리 말씀하시지 않았던가.

그런데 어찌 배우고 깨닫지 아니한 공부를 후학에게 전할 수 있단 말인가?

이러한 이유로 진무는 검신 태사조의 제자라 자청하며 나타난 정체불명의 소년이 가짜라고 확신했다.

'감히! 태사조님을… 나의 어르신을 사칭하다니!'

태사조의 탈각 소식을 들은 지도 벌써 두 달, 진무의 병색은 하루가 다르게 나빠져 이제는 자리를 털고 일어서기도 쉽지 않았다.

그런 진무의 눈이 분노로 번뜩였다.

감히 태사조의 제자를 사칭한 이를 향해.

자하를 보였다고는 하지만 온갖 기괴막측한 방문좌도의 사공이라면 충분히 흉내 낼 수 있다는 냉철한 판단까지 하는 것이다.

백 년이나 명맥이 끊겨 자하신공을 알아볼 수 있는 자가 진무한데 어찌 그것을 확신할 수 있단 말인가.

"장문인, 대장로께서 드셨사옵니다! 태사조님의 제자분과 함께……."

"……!"

밖에서 들려온 외침에 진무를 제외한 모든 장로가 벌떡 일어섰다.

진무와는 달리 죽은 검신 태사조의 전인이 나타났다는 말이 여타 장로들을 얼마나 격동케 하고 있는지 여실히 보여주는 상황이었다.

진무는 앉은 채로 출입문을 노려봤다.

'놈! 마각을 드러내라!'

문이 열리고 손괴가 들어왔다.

"드시지요."

장로들은 문제의 인물을 확인하기도 전에 대사형인 손괴가 자연스레 입에 담는 극진한 존대를 들으며 하나같이 적지 않은 충격을 받은 표정이었다.

그리고 내실 안으로 들어서는 염호.

진무는 이미 말을 전해 들었음에도 정말로 새파랗게 어린 소년 염호를 보면서 기가 막혔다.

'누구냐! 너의 뒤에서 음모를 꾸미는 자가! 내 기필코 모든 수단을 강구……'

염호가 내실 안을 쓰윽 훑어보더니 성큼성큼 진무에게로 걸어갔다.

"태, 태사조?"

"아, 아니! 이보…시오?"

"이, 이런? 어허! 이를 어찌……."

돌발적인 사태에 손괴가 당황하고 장로들은 염호의 발길을 막거나 붙들 수도 없는 황망한 상황에 처해 버렸다.

그때 진무는 오히려 더욱 차가운 눈길로 자신을 향해 다가 오는 염호를 직시했다.

성큼성큼 다가온 염호가 의자에 앉은 진무의 바로 앞에 섰다.

어린 염호가 내려다보고 늙은 진무가 올려다보는 형국.

두 사람의 눈빛이 허공중에서 마주쳤다.

진무는 생각했다.

'놈! 목적한 바가 나였느냐? 나 하나가 어찌 된다고 해서 무너질 화산이 아니다.'

염호도 생각했다.

'진무야! 이제 아무 걱정 마라! 그깟 노환! 내가 한 방에 회춘시켜 주마!'

염호가 왼손을 들었다.

"……!"

순간 모든 장로가 눈을 부릅떴다.

장문인 진무의 정수리에 염호가 왼손을 덮었기 때문이다.

"무, 무슨 짓인가!"

"손을 떼시오!"

"무엄하다!"

염호가 장문인의 처소로 들어간 뒤 불과 얼마 지나지도 않아 노성이 터져 나오자 밖에 있던 이들은 흠칫했다.

노성에 담긴 기세가 실로 살벌하여 단순히 화가 나서 높아진 언성이 아님을 느낀 것이다.

하지만 몇몇은 흠칫하는 정도에서 끝나지 않았다.

청풍각을 쳐다보던 서귀는 경악했고, 연산홍은 호흡이 멈춘 듯 낯빛이 창백하게 변했다.

둘을 감시하기 위해 뒤쪽에 서 있던 야도는 어깨에 걸친 도를 당장에라도 뽑을 기세로 무서운 투기가 번져 나왔다.

"이, 이것은?"

서귀의 더듬거림을 뒤로하며 연산홍과 야도의 시선이 동시에 청풍각을 굽어보고 있는 하늘 위로 향했다.

이것을 뭐라고 표현해야 할까.

마치 하늘로부터 큰 울림이 전해져 온다고 하면 적당할까.

야도도, 연산홍도, 생애 처음으로 접해보는 현상이었지만 그 정체가 무엇인지는 알고 있는 듯했다.

크게 놀란 표정을 지으면서도 의혹의 시선은 담겨 있지 않기에.

그리고 연산홍이 신음하듯 내뱉었다.

"선(先)… 천(天)… 지(之)… 기(氣)……!"

＊　　　＊　　　＊

진무는 지극한 고요 속에 빠져들었다.

어떻게 된 건지 궁금하지도, 그런 생각도 들지 않았다.

허(虛).

고요히 비어 있는 세계.

공(空).

본래 아무것도 존재하지 않으니 진무라는 자신의 존재도 없는 것이다.

진무는 스스로의 존재를 인지하고 있는지 아닌지조차 판단이 서지 않았다.

아니, 고민하지 않았다.

다만 무한하여 끝이 없는 허와 완전한 공의 세계에 신령스러운 빛이 구분 없이 두루 비치고 있음을 느낄 따름이었다.

불현듯, 오래전 그의 스승 복마도인 담청이 죽음을 앞에 두고 고요히 뇌까린 말이 아득히 먼 곳에서 메아리쳐 왔다.

본래 없음이니 삶과 죽음의 운명도 먼지와 같아 가고 가고, 오고 또 와도 다만 다투지 않음이로다.

마치 그때로 되돌아간 듯 너무도 가빴던 스승의 호흡까지 선명히 들리는 것 같았다.

스승 담청의 마지막 유언.

그 메아리가 허와 공의 세계에서 자신마저 망각한 진무를

밀어내려 했다.

진무가 이를 거부하자 한줄기 준엄한 꾸짖음이 메아리쳤
다.

어리석구나! 도는 본래 비어 있어 이를 써도 다시 채우지 아니하느
리! 무엇을 안타까워하고 무엇을 욕심내느냐!

"……!"

순간 거짓말처럼 모든 것이 억겁의 시간처럼 멀어지고 소
멸하며 현실로 돌아왔다.

마치 그저 잠시 눈을 깜빡인 것만 같았다. 모든 것이 꿈결
인양 기억들마저 빠른 속도로 사라져 갔다.

진무의 눈에 가장 먼저 들어온 것은 빙그레 미소 지으며 자
신을 내려다보고 있는 소년의 얼굴이었다.

"……."

염호는 한마디 말도 못하고 자신을 올려다보는 진무를 마
치 동생 대하듯 가볍게 어깨를 두들겼다.

수고했다는 투로.

대장로 손괴를 비롯한 장로들은 경악을 넘어서 심장이 멈
출 것 같은 충격적인 장면을 목격한 때문인지 넋이 나간 얼굴
들이었다.

그나마 손괴가 떨리는 목소리로 물었다.

"방금, 장문인의 몸에서 뿜어져 나오던 상서로운 빛과 기운은……?"

염호가 흡사 용광로에 달아오른 쇠꼬챙이처럼 새빨갛게 변해 더운 김을 뿜어내는 자신의 손을 흔들어댔다.

"어. 진무… 아니, 이제 장문인이 아플 일은 없을 거야."

"예?"

염호가 진짜 별것 아니라는 투로 말했다.

"내가 자하신공으로 진무… 아니, 장문인의 임독양맥(任督兩脈)을 녹여 버렸거든."

"……!"

염호의 말에 손괴와 장로들이 턱이 빠질까 우려스러울 정도로 입을 쩍 벌렸다.

"이, 이이이이, 임독……."

"임… 독… 양맥을?"

"…녹… 여……?"

타통, 내기로 뚫어버린 것도 아니고 녹였다고 말하고 있다.

무공의 고하는 낮을지 몰라도 평생을 화산에서 수양하며 도경과 연단에 매진해 온 장로들이다.

천인합일이라는 전설의 경지로 회자되지만 아무리 노력해도 인간의 힘으로는 닿기 어려운 관문. 그것이 바로 임독양맥이다.

천지교태를 가로막고 있는 이 임독양맥을 뚫는 것은 글자 그대로 본래부터 일 할의 가능성도 없는 불가능의 경계에 있는 관문이다.

오죽하면 시도만 해도 죽음을 각오해야 한다고 해서 이를 빗대어 생사현관(生死玄關)이라는 별칭으로 부르겠는가.

공력이 높다고, 정력이 금강과 같다고, 심신이 높은 경지에 이르렀다고 해서 되는 일이 아니었다.

게다가 누가 도와준다고 되는 것은 더더욱 아니었다.

이는 외적 힘이 아닌 내적 정신과 관련이 더욱 크기 때문이며 그것이 정설이기 때문이다.

그런 임독양맥을 뚫었다는 것도 아니고 그냥 녹여 버렸다고 말하는 것이다.

"이제 걱정 마. 어디 가서 칼침 맞지 않는 이상은 백 살은 너끈히 살걸?"

염호의 말에 그를 보고 있던 장로들의 시선이 진무에게로 돌아갔다.

"뭐, 그동안 공부가 얕지 않으면 좀 어색하기는 해도 당장 칼 휘두르면 검강(劍罡)은 바로 쭉 뽑아낼 거야. 아직 매끈하지는 않겠지만."

"……!"

검강이라는 말에 장로 몇몇의 눈이 돌아갔다.

명색이 화산파 장로들이다.

이들 중에 검기 하나 못 뽑아내는 자는 없었다.

하지만 검강이라면 말이 완전히 달라진다.

세상에 존재하는 그 무엇도 잘라내는 것이 검기, 검강은 그런 검기보다도 훨씬 윗줄의 불가사의의 영역이다.

당연히 신기원의 경지이니 바닷가 모래알처럼 흔히 볼 수 있는 경지가 아니었다.

화산파에서 검강을 구사하는 고수가 나온 것이 언제인지는 기록상으로도 명확히 남아 있다.

바로 검신 한호가 활동한 백 년 전 이후 전무하기 때문이다.

그런데 방금 임독양맥을 뚫린 장문인 진무가 지금 당장에라도 밖에 나가 검강을 시전할 수 있다는 소리를 하고 있었다.

장로들은 하나같이 염호를 경이로운 눈빛으로 바라봤다. 그들의 눈빛은 과거 염세악을 보던 눈빛과 전혀 차이가 없었다.

"거부감을 느낄 수 없었습니다. 본 파의 공부가 맞습니다."

"......!"

이제껏 한마디도 하지 않던 진무가 입을 뗐다.

그리고 염호를 향한 그의 어조에는 공손한 경어가 갖춰져 있었다.

염호가 그 말에 고개를 끄덕였다.

"맞아. 진… 흠흠!"

염호는 이러다가 크게 실수하겠다 싶어 헛기침을 하며 정신을 바짝 차렸다.

"장문인은 현천검법과 매화검법을 수련했지. 하지만 자하신공의 명맥이 끊겨 그를 대신하기 위해 무극주천공(無極朱天功)을 익혔어."

"……!"

한치의 틀림도 없이 정확하다.

내실 안의 사람들은 염호가 화산파의 비전 절학을 꿰차고 있다는 사실보다 진무가 무엇을 익혔는지 그 내력을 속속들이 정확하게 알고 있다는 사실에 더 놀라워했다.

"나는 자미현심결(紫微泫心訣)로 경화하기 시작한 장문인의 단전에 생기를 불어넣고, 임독양맥을 녹여 노쇠해진 무극주천공을 두정을 통해 들어오는 선천지기로 바꾼 거야."

"자하신공이 아니었습니까?"

"화산파에 무극주천공보다 상승의 공부가 자하신공만 있는 것은 아니지."

둘의 주고받는 대화에 손괴 등의 고개가 오른쪽으로 갔다, 왼쪽으로 갔다 정신이 없었다.

"본 파 최고의 비전인 자하신공을 공부하셨다고 들었습니다. 그 깊으신 공부를 하시고도 어찌 그보다 낮은 자미현심결을……?"

"비전은 무슨? 공부에 높고 낮음이 어디 있어? 그게 다 깊이가 다른 거지."

"……!"

진무가 넋이 나간 눈으로 염호를 쳐다봤다.

지난 날 태사조가 했던 말과 똑같은 말을 해서였다.

이것이 우연일 수 있겠는가.

'진정 어르신의 제자로구나.'

그렇게 받아들인 순간 진무의 질끈 감긴 주름진 눈 아래로 눈물이 흘렀다.

'마지막까지 화산의 미래를 굽어보셨습니까… 어르신…….'

'안다. 알아. 에휴. 자식이 어려서부터 눈물은 많아가지고. 쿵!'

염호는 물어보지 않아도 진무의 속내를 꿰뚫어 봐 코끝이 시큰해졌다.

'이 맛에 살지. 내가 죽었다는데도 날 이처럼 생각해 주는 놈 너 하나다.'

한참 감격에 젖어 감동의 도가니탕에 빠져 있던 염호의 곁으로 쭈뼛쭈뼛 옥허궁의 서림이 다가와 조심스레 입을 열었다.

"저기⋯⋯."

"⋯⋯?"

염호가 살짝 맺힌 눈물을 소매로 찍으며 고개를 돌렸다.

"저도 무극주천공을 익혔습니다."

"⋯⋯."

염호가 서림을 빤히 쳐다봤다.

다른 동문 사형제는 서림의 행동에 부끄러운 듯 인상을 쓰거나 헛기침을 해댔지만 서림은 기왕 말 꺼낸 거 눈 딱 감는 심정으로 용감하게 말했다.

그의 나이 환갑이다.

"저도 좀 뚫어주시면 안 되겠습니까?"

'이놈 보게?'

염호가 기가 차다는 얼굴로 서림을 훑어 내렸다.

그의 기억으로 옥허궁의 서림과 저 뒤에 태허궁의 유학선은 고매한 도사 티를 유난스럽게 점잔을 떨던 재수탱이였다.

'이것 참! 예전의 융통성 없던 때보다 나아졌다고 해야 되나? 그래도 용기가 가상하구나!'

어차피 염호가 작심한 바가 있기에 고민 없이 바로 고개를 재깍 끄덕였다.

"좋아! 어차피 인생은 한 방이니까."

"……!"

서림의 노안 위로 기쁨의 기색이 어리는 찰나, 뒤쪽에 있던 장로들의 표정에도 급격한 변화가 나타났다.

"일루 와서 앉아."

염호가 손짓하자 서림이 허겁지겁 의자에 엉덩이를 걸쳤다.

"잠깐!"

"……?"

그때 손괴가 서림의 어깨를 붙들었다.

손괴가 말했다.

"태사조! 제가 첫째인 대사형입니다."

"……."

그리고 소리도 기척도 없이 손괴의 뒤로 둘째 현오궁의 범중을 필두로 하여 정확히 항렬 순으로 줄을 섰다.

염호가 물끄러미 머리 허연 것들을 쳐다봤다.

그리고 많이 나아졌다는 좀 전의 평가를 수정했다.

나아진 정도가 아니었다.

'이놈들, 못 본 사이에 때가 많이 묻었네?'

第四章

'속이 다 후련하네!'

염호는 청풍각 안에 옹기종기 어깨를 맞대고 앉아서 공력 운기에 여념이 없는 진무와 장로들을 흐뭇한 눈길로 바라봤다.

기어이 다 늙어 오늘내일하는 장로들의 임독양맥을 모조리 뚫어버린 것이다.

이 사실이 알려진다면 전 무림이 발칵 뒤집어지고도 남을 경악스러운 사건이었다.

'이럴 줄 알았으면 진즉에 반로환동할걸!'

사실 염호 자신도 이런 일이 가능할 줄은 전혀 예상하지 못했다.

수십 년 전 환골탈태를 겪으며 노쇠해진 뼈와 근육이 강해지고 공력을 되찾는 단계를 넘어 추측할 수 없는 경지에 도달했을 때만 해도 굳이 피부가 윤택해지고 머리카락이 검어져 젊어지는 반로환동(反老還童)을 받아들이고 싶지는 않았다.

젊어져 봐야 무슨 소용이 있을까 싶었기 때문이다.

아무리 머리카락이 검어지고 주름진 피부가 펴진다고 해서 마음이 젊어지는 것은 아니기 때문이었다.

육체가 젊어진다고 해서 인생의 말년에 다다른 정신마저 지난 세월을 부정하고 과거로 돌아가는 것은 아니지 않은가.

그런데 반로환동을 겪는 순간 그 자신도 예상치 못한 일이 벌어졌다.

반로환동이 그저 육체만 젊어지는 것으로 끝나지 않았던 것이다.

'천살마공의 근본인 마기를 지울 줄이야!'

그랬다.

반로환동을 받아들이는 순간 가장 이상적인 육체의 재구성뿐만 아니라, 한쪽으로 치우쳐진 내공의 성질도 태초의 근본이랄 수 있는 선천지기로 모조리 바뀌어 버린 것이다.

이는 자연스럽게 극단적으로 패도적인 자신의 마기를 흔

적도 없이 소멸시키는 놀라운 결과를 가져왔다.

이렇게 되자 그동안 화산파 현오궁 안에서 눈이 빠지고 손이 닳도록 달달 외운 화산파 비전 무학들을 아무런 문제없이 펼칠 수 있게 됐다.

선천지기란 것은 모든 기운의 근본이다.

정종내공이니, 좌도방문의 사공이니 하는 것도 모두 갈래에 불과하고 이는 마공이나 독공 등도 마찬가지였다.

이미 천인합일의 경지마저 초월한 장대하고 드넓은 내공을 지녔으니, 그동안 달달 외운 화산파의 내공 운기법을 한번 쓰윽 돌려보는 것만으로 완벽히 터득해 버렸다.

그 당시 신바람이 난 염호는 앉은 자리에서 자하신공을 시작으로 화산파의 모든 내공비결을 단숨에 모조리 완성해 버리는 만행을 저질렀다.

당연히 그 장면을 홀로 목격하고 있던 야도는 넋이 나갈 정도로 경악하고 말았다.

그는 검신이 일부러 자신 앞에서 무력시위를 한다고 오해했다.

생각해 보라. 눈앞에서 반로환동을 하고, 또 눈앞에서 화산파의 온갖 기공을 단숨에 끝까지 끌어 올리는 염호의 모습과 그걸 멍 때리며 치켜봐야 했던 야도를.

'흐흐! 이제는 나도 내공의 깊이가 어느 정도인지 짐작도 안 간단 말이지……'

염호는 진무와 장로들이 새로워진 기운을 수습하는 데 시간이 걸릴 것임을 알고 홀로 청풍각 밖으로 나왔다.

소박하기 이를 데 없는 조그만 마당에는 일대제자 왕직과 볼모로 잡힌 연산홍과 서귀, 그리고 야도만이 있을 따름이었다.

염호의 시선이 폐립을 눌러쓰고 있는 야도에게로 향했다.

'사실 저놈이 아니었으면 반로환동을 할 일도 없었을 테니 따지고 보면 다 저놈 덕이군.'

백마첨봉에서 야도와 모든 것을 마무리 지으려던 그때.

여양종을 격살하고 남도련을 쑥대밭으로 만들어 한을 푼 뒤에 애초 염세악이란 존재를 이 세상에서 지우려 마음먹었다.

자신이 곧 불행의 씨앗이라는 자책감을 지울 수가 없었기 때문이다.

때문에 장평의 한을 풀고 화근인 남도련을 지웠지만 그것이 끝일 수가 없었다.

차후에 있을 모든 위협과 그 후에 화산파가 감당해야 할 여파까지 모두 무효로 돌리려면 염세악, 즉 검신 한호라는 존재는 반드시 사라져야 했기 때문이다.

그것도 한 점의 의구심 없는 다수가 보는 곳에서 확실하게 말이다.

물론 그렇다고 진짜로 죽을 생각은 없었다.

'죽긴 내가 왜 죽어? 죽은 것으로 하면 그만이지.'

그래서 화려한 죽음의 대상으로 선택한 것이 강남무림의 지존이자 무림제일도라는 야도였다.

그 정도 상대면 검신의 죽음을 수긍할 수 있을 테니까.

그리고 검신과 야도의 대결이니만큼 결자해지(結者解之)의 의미도 있기에 둘 다 사라지면 화산파와 남도련 간에 은원이니 뭐니 해서 더 이상 왈가왈부할 일도 없을 터였다.

하지만 야도와 조우한 염호는 뜻밖의 사실을 알고 난 뒤 더욱 좋은 생각이 떠올랐다.

염호는 그때를 다시 생각해도 저절로 실실 웃음이 새 나왔다.

그만큼 절묘했기 때문이다.

*   *   *

"가르쳐 줘? 도의 끝이라는 '지천' 말이다."

"……"

"너의 그 미완성인 파천십이도결의 정수 중의 정수인 후삼식의 구결도 내가 알지."

"……!"

야도는 충격에 빠져 뭐라고 대꾸해야 할지 몰랐다. 하지만 모든 것을 올곧이 믿을 정도로 어리숙하지는 않았다.

사연이야 어찌 됐든, 아무리 막역한 친구지간이더라도 자신의 비기를 핵심 구결까지 나눈다는 것은 상식적으로 말이 되지 않았다.

무림은 그렇게 낭만적인 곳이 아니었다. 그것이 설사 백 년 전의 세상이라 하더라도.

게다가 파천십이도결의 전 주인은 도마(刀魔)라고 불렸다지 않은가.

그가 만일 정파무림 출신인 자였다면 별호에 '魔[마]' 라는 글자가 들어가지는 않았을 것.

하물며 친구지간이었다고 자처하는 자가 화산파의 검신이라면 누구라도 믿지 않을 이야기다. 무림 최고의 전성기를 구가하던 화산파의 검신과 도마라는 이름으로 불리는 패도지학의 도객이 서로의 무공 구결을 나눌 정도로 깊은 사이였다고?

야도의 눈빛이 미심쩍은 눈빛으로 물들어 갈 즈음,

"탈혼출천 등봉파황(奪魂出天, 登峰破荒)."

"……!"

"이게 굉천파황의 구결 중 첫머리지?"

의심의 빛을 띠던 야도의 안색이 싹 변했다. 검신이 정확히 구결을 읊었기 때문이다.

또한 도법의 요결을 아는 이는 세상에 자신 외에 아무도 없었다.

적어도 지금까지는.

"굉천파황과 함께 연환이도인 성라개옥의 요결 첫 구절은 심화련금 환우탈심(心火練金, 寰宇脫心)이란 글귀로 시작한다."

야도로서는 귓등으로 흘리고 싶어도 흘릴 수가 없는 유혹의 속삼임이었다.

"후삼식뿐만 아니라 성라개옥도 모르지?"

폐립을 벗어던진 지 오래인 야도의 강인한 눈동자가 격하게 흔들렸다.

"물론 공짜는 없다. 뭔가 대가 없이 이뤄지면 주는 쪽도 받는 쪽도 찝찝하잖아. 안 그래?"

그때 처음으로 야도의 입이 열렸다.

"원하는 것이 무엇이오."

짧은 물음이었지만 그것만으로도 충분했다.

"여기서 니가 아는 가장 화려하고 허세가 가득한 공격으로 내게 덤비면 된다."

"……?"

"물론 그것만으론 부족하지."

그리곤 손가락 세 개를 펼쳤다.

"지금부터 삼 년. 딱 그 세월만 두말하지 않고 시키는 대로 따라라. 그 정도 시간이면 미완의 파천십이도결을 완성하고 지천도 얻을 수 있을 게야."

"일 년이면 충분하오."

그리고 벌어진 대결.

야도는 기대 이상으로 부응했다.

정작 문제는 너무 과할 정도로 기대 이상이었다는 것.

우르르르르릉! 쿠콰콰콰콰콰쾅!

"헉? 야 이놈아! 화려한 건 맞지만 허세로 하랬잖아! 허세! 허세가 뭔지 몰라?"

"내가 익힌 것은 모두 일격필살의 도법이오."

"그럼 하는 척만 해!"

"나는 그런 건 모르오!"

"아니, 뭐 이런 자식이 다 있어? 으헉? 너, 너 이놈의 자식? 방금 그거 진짜 내 목 노린 거지? 그렇지?"

확실히 야도는 달랐다.

여양종도 함께 묶어서 천하십강으로 불린다는 소릴 들었지만 가당치도 않은 소리였다.

장담하건데 둘의 실력을 놓고 비교하자면 하늘과 땅 사이의 차이보다 그 간극이 클 것이다.

첫째로는 녀석의 재주가 뛰어남이고 둘째로는 역시나 파천십이도결이 아닐까 싶었다.

근 백 년 만에 다시 보게 된 도마의 절기였지만 확실히 기억 속의 무서운 도법임을 새삼 느끼지 않을 수 없었다.

그저 가볍게 허세만 부리려던 마음을 접었다.

그리고 몸의 모든 혈도를 개방했다.

이제껏 탈태환골한 이후 단 한 번도 해보지 않은 일이었다.

혈도의 태반을 봉한 상태에서도 부족한 적이 없었고, 여양종을 때려 죽였을 당시가 내공을 가장 많이 끌어 올리긴 했지만 그때도 혈도를 개방하진 않았었다.

그런데 혈도를 다 열고 제대로 된 내공을 뽑아 올리자 몸에 이상한 반응이 왔다.

오래전 환골탈태 당시 강제로 거부했던 반로환동 현상이 나타난 것이다.

"이, 이런! 그만! 그만해! 이놈아! 지금 다른 게 급해! 그만하라니까!"

모든 기운을 개방하자 수십 년 동안 억눌려 있던 반로환동의 기운이 노도처럼 일어났다.

일이 급해지자 야도의 공격을 무시하고 그대로 녀석의 멱살을 잡아 천공으로 솟구쳤다.

"이제, 그만 사라지자!'

순간,

펄— 럭!

"......!'

야도가 까마득히 아래 지상을 내려다봤다.

너울너울 떨어져 내리는 매화문양의 새하얀 득라의.

다시 고개를 들어 속곳만으로 중요한 부위를 가린 해괴 흉측한 몰골을 쳐다봤다.

"옷이 남아야 완벽한 죽음이다."

이건 또 무슨 헛소린가?

말도 하지 않았는데 독심술을 쓰는지 바로 의문을 해결해 줬다.

"내가 도사 아니냐? 우화등선 알지?'

그게 갑자기 옷을 홀라당 벗는 짓이랑 무슨 상관이란 말인가?

"원래 도사들이 죽을 때 옷만 남기고 가는 거야. 나 정도 되면 우화등선은 해야지."

"......!'

야도는 처음으로 그가 정말 신화적 존재인 그 검신이 맞는지 의심스러워졌다.

＊　　　＊　　　＊

여양종과 그 무리에 의해 무너져 내린 화산파 산문.

두 달여의 시간이 지났지만 산문은 당시 처참히 부서진 상태 그대로를 간직하고 있었다.

화산파로 향하는 산문 앞에 일단의 무리가 모습을 드러냈다.

먼지가 잔뜩 묻은 검은 도포에 허리에는 삼베 천을 질끈 동여맨 행렬.

'화산이 왜 화산인가'라는 커다란 깨우침과 화산의 무혼을 일깨우며 하산한 일대제자, 매화검수들이었다.

산문 앞에 도달한 그들은 발걸음을 멈추고 진한 감정의 소용돌이가 가득한 눈으로 무너진 산문을 쳐다봤다.

선두에서 첫째인 송자건을 내내 보좌해 온 반운산이 말했다.

"산문은 아이들을 시키지 말고 우리가 직접 다시 세웁시다."

그 말에 사형제들이 너 나 할 것 없이 힘차게 고개를 끄덕였다.

그동안 흔들림 없는 버팀목이었던 맏이 송자건이 목이 멘 목소리로 말했다.

"돌아왔습니다, 태사조님."

"……."

모두의 시선이 송자건의 가슴 높이로 올린 두 팔을 응시했다.

공손히 모은 양손에 들려 있는 새하얀 득라의.

야도와 벌인 공전절후의 대혈투.

대별산 백마첨봉이 사라지는 무서운 대접전이 끝나고 나서 그들이 달려갔을 때, 발견한 것은 검신 태사조가 입고 있던 득라의뿐이었다.

"태사조께선 마지막 가시는 길도 전설을 보여주시며 가셨구나."

"그분께선 마지막까지 저희에게 가르침을 주신 것이지요. 도를 놓지 않으면 우화등선하여 선계에 갈 수 있음을."

송자건과 반운산의 대화에 모두가 고개를 끄덕였다.

검신 태사조의 마지막은 영원히 잊지 못할 정도로 장엄하고도 숙연했다.

그 숭고한 희생과 장렬한 산화 앞에서 서로 얼싸안고 대성통곡하던 기억이 새록새록 돋아났다.

"태사조께선 영원히 우리 가슴에 살아 계신다."

"그렇습니다. 언제나 저희와 함께하실 것입니다."

그들은 비록 슬픈 기색을 지워내지는 못했을지언정 한결

강하고 성숙해진 눈빛으로 서로를 위로하고 용기를 북돋았다.

그리고 힘찬 발걸음으로 화산을 오르기 시작했다.

*　　　*　　　*

눈이 부서 쳐다보기 힘들 정도로 새하얀 색으로 덧칠된 건물, 벽돌 하나 기와 하나까지 전부 백옥과 대리석으로만 이루어진 그곳의 이름은 무결옥(無缺屋)이다.

전각 안쪽 천장과 사방의 벽 역시 외관과 다를 것 없이 온통 새하얀 색깔뿐.

다른 빛깔이라곤 덩그러니 놓여 있는 오래된 나무 탁자와 그걸 사이에 두고 앉아 있는 두 사람뿐이었다.

"고생이 많았다고?"

"심려를 끼쳐 드려……."

"심려는 무슨! 깨우친 게 있다면 됐다."

노인과 젊은 사내의 대화는 짧게 끝을 맺은 뒤 더 이상 이어지지 않았다.

은빛에 가까울 정도로 윤이 나는 백발의 노인, 그 백발을 비취색 옥잠으로 꽂아 가지런히 정리한 머리에선 삐져나온 머리카락 하나 보이질 않았다.

노인은 더 이상의 대화를 원치 않는 듯 보였다.

숨이 막힐 것 같은 새하얀 공간과 너무나 잘 어울리는 노인과 그만큼 무거운 침묵, 그 노인이 바로 무결옥의 주인 검성(劍聖)이다.

개방의 취성, 소림의 불성과 함께 무림삼성으로 추앙받는 무림의 전설.

한천 연경산과 용천장에 맞서 북무림을 규합, 지금의 북검회를 일으킨 장본인이기도 했다.

그 검성이 자신의 제자인 장강옥을 향해 눈길 한 번 주지 않았다.

부상에서 회복한 후 첫 문안.

후계자로 공인된 천룡검 장강옥을 철저히 외면한 그 시선은 오직 자신의 손에 들린 검에 고정되어 있었다.

날이 통째로 흑옥(黑玉)으로 만들어진 새까만 검, 손잡이엔 칠채보광이 번쩍이는 화려한 장식으로 가득한 검이었다.

어느 세도가들의 장식장에서나 볼 것 같은 검. 하지만 검은 광택으로 가득한 검날을 손끝으로 살살 쓸어가는 그 손길이 여간 조심스러운 것이 아니었다.

장강옥이 자신의 사부를 향해 다시 머릴 조아렸다.

"사부님! 제자가 불민하여 감히 사부님의 명성에 누를 끼쳤습니다."

장강옥의 음성이 조금 전보다 높아졌지만 검성은 여전히 눈길을 주지 않았다.

그저 한 손으론 검을 쥐고 다른 한 손으론 여인의 살결 다루듯 검날을 살살 쓸어갈 뿐.

"그 어떤 벌이라도 달게 받겠습니다, 사부님!"

장강옥이 새하얀 바닥에 쿵 소리가 나도록 머릴 박았다.

순간 검성의 머리카락만큼이나 흰 눈썹이 꿈틀했다.

하지만 단지 그뿐, 검을 매만지고 문지르는 손길만 조금 바빠졌지 여전히 장강옥을 향해선 아무런 말도, 아무런 반응도 하지 않았다.

바닥에 머릴 박은 장강옥은 그 상태로 그저 기다리기만 했다.

고개조차 들어 올리지 못한 채.

검성은 그 뒤로도 한참이나 손에 들린 칼날을 매만지는 것이 전부였다.

그러다 손가락 끝으로 검날을 툭툭 건드렸다.

티잉~! 팅!

금음을 뜯은 듯한 맑은 소리가 흑옥의 검날에서 은은하게 울리더니 방문이 스르륵 열렸다.

사박사박!

고개 숙인 장강옥의 귓가로 발걸음 소리가 들려왔다.

빠르지도 느리지도 않은 사뿐하고 가벼운 움직임. 코끝으로 옅은 방향(芳香)이 느껴졌다.

이번엔 장강옥의 눈가가 살짝 흔들렸다.

'무결옥에 여인이라니?'

아무리 한낱 몸종일지라도 믿기 힘든 일이었다.

지저분한 것, 아니, 티끌 하나 만큼의 흠결도 절대 용납하지 못하는 것이 사부였다.

무결옥은 그렇게 만들어진 오직 사부만의 거처, 이전까지 자신을 제외한 그 누구의 발길도 허락지 않은 곳이었다.

그 문지방을 넘는 데 자신 역시 십 년 세월이 걸렸으며 부회주인 검군이나 군사 좌문공은 아직까지도 무결옥 밖에서 검성의 목소리를 듣는 것에 만족하고 있다.

자그마치 십 년 세월이 흐른 후에나 허락받은 이 공간에 다른 사람이, 그것도 여자가 들어왔다.

고작 몇 달, 화산으로 외유를 떠나고 부상으로 누웠다 일어난 그사이 자신의 사부에게 몸종이 붙은 것이다.

믿기 어려운 일, 아니, 이해하기조차 힘든 일이었다.

특히나 여인의 방향 속에 왠지 거북스러운 느낌마저 섞여 있으니……

쪼르르륵!

차 따르는 소리가 들리고 검성이 그 차를 마셨다.

쪼르르륵!

다시 한 번 차를 따르고 또 한 번 그 차를 마셨다.

쪼르르륵!

세 잔째 찻잔을 따른 후 검성은 손짓을 휘휘 저었고, 여인은 사박거리는 발걸음 소리만을 남기고 조용히 무결옥을 빠져나갔다.

세 번째 잔을 검 옆에 내려놓은 검성은 그 상태로 말이 없었고, 장강옥 역시 여전히 고개를 들어 올리지 못하는 상태였다.

"흑화(黑花)다. 환희루를 쥐고 있는 계집이지."

"......!"

"용천장에서 보냈더구나. 한천의 여식이 나를 너무 우습게 본 게지. 딱히 나쁠 것은 없다만……."

후루룩.

세 번째 차를 단숨에 마신 검성이 장강옥을 지그시 내려다보기 시작했다.

"지난 세월 나는 오직 무림의 평화와 번영만을 위해 살았다. 앞으로의 날들도 그것은 여전히 변함없을 것이고……."

여전히 고개를 들지 못하는 장강옥의 눈가가 눈에 보이지 않을 정도로 잘게 경련했다.

환희루, 사망림과 함께 첫손에 꼽히는 암살 자객 집단임을 알기 때문이다.

더구나 그 환희루의 루주를 용천장에서 보냈다는 사실, 이를 천예검군이나 좌문공이 알았다면 북검회가 또 한 번 뒤집어질 일이었다.

"평화를 위해선 강력한 북검회가 필요하다. 이제껏 그걸 지탱하고 있는 것이 바로 노부의 이름 검성이다. 언젠가는 천룡검이 짊어져야 할 짐이기도 하고."

"……."

"고개를 들어라."

장강옥이 그제야 조심스럽게 눈을 들어 검성을 쳐다봤다.

"정력(定力)에 금이 갔다고?"

"제가가 불민하여……."

"아니. 정력이 상한 것은 네가 그만큼 뛰어나기 때문이다. 현무단의 누구도 너와 같지는 않았을 터."

"……."

"사자 새끼가 다 큰 호랑이를 만났을 때나 벌어질 일이야. 맹수 새끼나 되니 겁을 먹지 않으려 발버둥친 꼴이지. 그래야 자라서 늙은 호랑이의 목덜미를 물 수 있으니까. 그게 정력이란 놈이야."

장강옥의 눈빛이 깊어졌다.

검성, 사부의 가르침이 쉽지 않지만 한결같이 깊다는 것만은 새삼 느껴졌다.

하지만 장강옥은 알고 있었다. 아직 사부가 꺼내고자 하는 이야기의 본론은 거론되지도 않았다는 것을.

"그래, 늙은 호랑이는 어떻더냐?"

검성의 눈길이 장강옥을 응시했다.

은은한 광망이 서린 눈길이 한없이 깊고 자애로웠지만, 그 짧은 순간 장강옥은 더없는 답답함을 느껴 잠깐 숨을 쉬기가 힘들었다.

그것이 검성의 눈길 때문인지 아니면 떠오르는 것만으로도 두려운 검신(劍神)의 존재 때문인지 장강옥은 확신할 수 없었다.

"그는……."

검성이 흥미롭다는 듯 살짝 몸을 장강옥 쪽으로 기울였다.

"…검신, 그 이름대로였습니다."

꿈틀!

"더 보탤 것도 뺄 것도 없었습니다. 검신이었습니다."

툭툭!

손가락 끝으로 탁자 위를 두드리기 시작하는 검성.

장강옥의 얼굴이 눈에 띄게 흔들렸다.

사부 검성의 얼굴은 분명 흥미롭다는 듯 웃고 있지만, 탁자를 두드리는 그 버릇이 분노했을 때의 버릇임을 너무 잘 알기 때문이었다.

툭툭툭!

손끝으로 탁자를 두드리는 그 작은 소리가 장강옥의 등줄기에 식은땀을 흐르게 만들었다.

파시식!

그때 갑작스레 탁자 위 찻잔이 가루가 되어 부서져 내렸다.

파자자작!

연이어 이제껏 쓰다듬던 흑옥의 검날이 유리 조각처럼 잘게 깨져 버렸다.

그저 탁자를 두드리는 손짓을 했을 뿐인데 벌어진 일이었다.

"검신이라고?"

꾸욱!

엄지손가락으로 두터운 나무 탁자를 누르자 두부처럼 탁자가 파이더니 손가락 자국이 깊게 새겨졌다.

"검신이라고? 백 년 전의 검신?"

손가락을 뗀 검성이 움푹 패인 자국 위로 이번엔 손바닥을 가져다 댔다.

쑤우욱!

그 순간 장강옥의 눈이 튀어나올 듯 커졌다.

세월의 때로 번들거리던 탁자 위로 치솟아오르는 나뭇가

지, 골이 패인 탁자 위로 분재로 가꾼 듯한 나무 한 그루가 생겨난 것이다.

"활검(活劍)이다. 검신은 어떨 것 같으냐?"

"……."

"검신이라고……? 한낱 백 년 전의 망령일 뿐이니라."

검성이 자라난 작은 나무를 손바닥으로 지그시 눌렀다.

파사삭!

움푹 파인 구덩이 안으로 짓눌린 작은 나뭇가지는 생겨났던 흔적마저 남기지 못하고 깨끗이 사라져 버렸다.

第五章

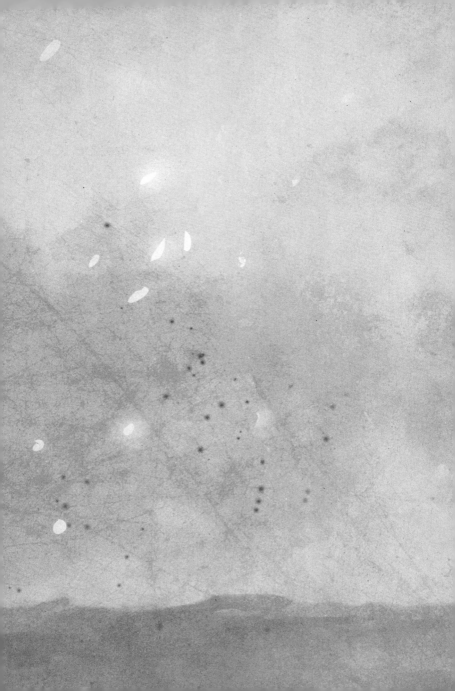

"태사조의 제자?"

"말도 안 되는 소리!"

송자건의 반문에 이어 반운산이 버럭 소리를 질렀다.

조세걸과 양소호는 그 서슬에 움찔해 고개를 숙였다.

둘뿐만 아니라 다른 일대제자들도 표정들이 좋지 않았다.

사실 그들이 화가 난 것은 검신 태사조의 제자가 등장했다
는 사실을 듣기 이전부터였다.

따로 기별을 넣지 않더라도 태사조께서 돌아가셨으니 본
산은 마땅히 엄숙하고 경건한 분위기 속에 지내야만 했다.

하지만 그들이 처음 본 광경은 항렬의 높고 낮음 없이 다 큰 어른이든 아이든 여기저기 모여서 수군거리는 모습이었다.

수군거리는 목청도 어찌나 큰지 화산파 본산이 아니라 마치 큰 도시의 시장통에 와 있는 것은 아닌지 착각이 들 정도였다.

이를 본 일대제자들은 처음엔 당혹한 표정을 감추지 못하다가 이내 노기가 치밀어 오르지 않을 수 없었다.

야도와 동귀어진하며 장렬히 산화한 태사조시다.

비록 선도 최고의 비경인 우화등선을 보이며 득라의 한 벌만을 남기셨지만 돌아가신 그 슬픔을 어찌 말로 다 표현할까.

통곡하는 눈물을 삼키며 비통한 가슴을 부여잡고 돌아온 길이지 않은가.

그러면서도 마지막 흔적으로 남기신 득라의를 그분의 위패 대신으로 삼아 본산으로 돌아오는 길 내내 더없이 경건함을 유지해 온 것이 일대제자들의 지난 두 달간의 여정이었다.

그런 분이 돌아가신 지 아직 백 일도 지나지 않았는데 본산 제자들이 노닥거리는 것을 봤으니 노기가 끓어오르는 것은 당연했다.

그런 차에 가장 믿음을 주던 이대와 삼대의 맏이들인 조세걸과 양소호마저 헐레벌떡 달려와 한다는 소리가 태사조가 남긴 제자 운운하니 심사가 좋을 리가 없었다.

마주 서 고개를 숙이고 있는 조세걸 역시 그런 사숙들의 마음을 충분히 짐작했다.

아직까지 자신도 어안이 벙벙한데 이제 귀환한 일대의 사숙들이야 오죽할까 싶은 마음이었다.

"제자라 밝히신 분께서 기화방신(氣化防身)의 신위를 보이셨다고 합니다. 그 자리에 대장로께서도 계셨고, 사제들도 있었답니다."

"……!"

방신지술(防身之術:몸을 보호하는 비기) 최고의 경지라는 기화방신을 언급하자 노기충천해 있던 일대제자들이 순간적으로 움찔했다.

기화방신이라 함은 공력의 깊이가 측량할 수 없을 정도로 깊어야만 펼칠 수 있는 상승의 절기다.

진기를 팔만사천 모공으로 뿜어내 일종의 방어막을 형성하는 원리인데, 세속적인 무파에서는 기화방신이란 말보다는 반탄강기(反彈罡氣)라는 말로 정의를 하곤 한다.

천하를 통틀어 이 경지에 도달한 자를 열 손가락을 꼽아도 다 채우지 못할 만큼 놀라운 경지다.

하지만 놀라운 경지라고 해서 모든 것이 '오오! 그런가?' 라고 되는 것이 아니다.

"그게 무슨 소리냐! 기화방신을 펼치면 무조건 태사조님의
제자라도 된다는……!"

"자하(紫霞)였다고 합니다."

"……?"

화산파 최고의 비기를 언급했음에도 송자건 등은 무슨 말
인지 몰라 일순간 영문 모를 표정을 지었다.

근 백 년이 넘도록 명맥이 끊기다시피 해서 바로 떠올리지
를 못한 것이다.

옆에서 양소호가 말을 보탰다.

"자하강기(紫霞罡氣)요."

"……!"

"본 파 최고의 비전인 자하신공 말입니다."

조세걸과 양소호를 바라보는 일대제자들의 얼굴 위로 경
악한 빛이 떠올랐다.

"예? 출가제자가 아니라구요?"

"응!"

고개를 끄덕이는 염호의 대답에 진무가 난감한 표정을 지
었다.

아직까지 손괴를 필두로 한 장로들은 청풍각 안에서 운기

조식에 여념이 없었지만 가장 먼저 임독양맥을 타통하고 진기를 다스린 진무는 깨어나자마자 염호에게 감사를 표했다.

그리고 그간의 자초지종을 묻는 가운데 예상치 못한 답이 나온 것이다.

"태사조님께서 자하신공 외에도 본 파의 여러 비전을 전수하시고도 출가를 시키지 않으셨다니 이것은……."

진무가 곤란하다는 말을 대놓고 하는 이유가 있었다.

원래 문호를 열고 인재를 구해 후사를 잇게 하고 선조들의 비전을 계승케 하는 제자를 가리켜 기명제자(記名弟子)라고 부른다.

이 기명제자는 그 문파의 정당한 절차로 공식적으로 명부에 이름을 올림으로써 문파 내의 비밀리에 전승되는 최후의 비전까지 습득할 수 있는 권리와 의무를 함께 지닌다.

따라서 특정한 사승의 연으로 그 스승으로부터 유산을 물려받아 계승자로 지목된 적전제자(嫡傳弟子)도 이 범주에 해당된다.

반대로 무기명제자(無記名弟子)는 문파에서 정식으로 받은 제자가 아니라 개인적인 사유나 의지에 따라 외부에서 받은 제자를 가리키는 말이다.

이 때문에 무기명제자는 문파에 정식으로 이름을 올릴 수 없으며 비밀리에 계승되어야 하는 문파 최고의 비전은 당연히 허락되지 않는다.

또한 무기명제자는 스승이 허락하지 않는 한 설사 죽는 한이 있더라도 자신의 신분과 사승을 밝히지 말아야 한다.

그런데 염호는 출가한 기명제자도 그렇다고 태사조가 지명한 적전제자도 아니면서도 화산파의 비전들을 줄줄이 공부한 상태인 것이다.

이런 상황이니 염호가 정식 제자가 아닐 거라고는 전혀 예상치 못한 전개였다.

염호도 당연히 이런 부분을 인지하고 있었다.

다 늙어서도 도 닦는 소리는 학을 뗄 지경인데 몸도 마음도 팔팔해진 마당에 도가 어쩌고 공이 어쩌고 하면서 살 생각은 추호도 없었다.

'미쳤냐? 언제 죽을 줄 알고 여기서 되지도 않는 도나 닦으며 다시 찌글찌글 늙어가게?'

진무가 차분히 물었다.

"본 파의 비전을 전하셨으면서도 굳이 출가를 못하게 하신 이유를 말씀하시던가요?"

염호가 대꾸했다.

"인생은 짧대."

"예?"

무슨 뚱딴지같은 소린가?

"아까운 청춘, 도 닦는다고 낭비하지 말고, 고기도 실컷 먹고 탱탱할 때 장가도 가고 해라. 이렇게 말씀하셨지."

"고, 고기를… 흠! 흐흠! 어허흠!"

노골적이고 직설적인 말에 진무는 당황한 표정을 지으며 얼굴이 벌게져서 헛기침을 연발했다.

보통 다른 문파에서 이 같은 상황 속에 나온 말이라면 말도 안 되는 헛소리라며 펄쩍 뛰었을 것이다.

진무도 똑같은 심정이긴 했지만 한편으론 '참 그분다우시다' 라고 생각했다.

평소 보여주던 말과 행동을 떠올리면 딱 그다운 말투였기 때문이다.

하지만 유서 깊은 문파의 체계는 염호의 생각처럼 그리 간단하지 않았다.

"그럼 태사조께선 어르신의 관문제자(關門弟子)시군요."

"관, 관문… 뭐?"

의기양양해하던 염호의 표정에 처음으로 당황한 빛이 스쳤다.

의미 자체를 몰라서였다.

하지만 진무는 염호가 아직 많이 어리니 그럴 수 있다고 생각한 모양인지 오히려 차분히 설명했다.

"관문제자라 함은, 마지막 제자라는 뜻을 이름입니다."

"......?"

'뭐가 이렇게 복잡해? 그럼 그냥 마지막 제자라고 하면 될 것이지 쓸데없이 무슨 그런 어려운 말을 지어 부른단 말인가? 아무튼 별것 아니라는 얘기지?'

"물론, 받아들인 제자 중 가장 마지막 제자라는 의미와는 조금 다르지요."

"달라?"

염호는 괜히 불안해졌다.

"마지막이란 의미는 제자 중의 마지막이 아니라 스승된 자가 노년의 마지막에 거둔다는 의미입니다."

"아? 그런 의미……."

"또한, 기명제자나 적전제자가 물려받지 못한 스승된 자가 마지막으로 깨달은 최후의 심득을 전수받게 되지요."

'헉!'

가슴이 쿵 하고 내려앉는 느낌이었다.

아니나 다를까.

진무가 염호를 보며 빙그레 미소 지었다.

'으! 저 녀석이 저런 웃음을 지을 때는…….'

"궁금합니다. 그 어르신으로부터 전해받으신 최후 심득이 무엇인지."

'염병할!'

염호가 속으로 욕설을 퍼부었다.

최후 심득은 무슨 놈의 최후 심득이란 말인가.

"궁금합니다."

"……."

"참으로 궁금합니다."

"……."

"내공비결인가요? 아니면 검법? 도법? 권장법? 지법? 보신경? 채찍?"

'야 인마! 거기서 채찍이 왜 나와?

염호는 어이가 없어 뭐라 말은 못하고 빤히 진무를 쳐다봤다.

그러면서도 머릿속은 맹렬히 회전하다 못해 터지기 일보 직전이었다.

뭔가 말을 해야 하는데 그럴 건덕지가 없다는 것이 문제였다.

현오궁에서 무공 비급들을 줄줄이 외웠으니 그냥 화산파의 무공이라면 아무거나 아주 통달할 경지였다. 하지만 그것은 새로운 것이 될 수 없었다.

그렇다고 대충 아무거나 말할 수도 없는 노릇 아닌가?

진무가 명색이 장문인인데 화산파의 무공 면면을 모를 리도 없거니와 설혹 당장은 모른다 해도 나중에 가서 탄로가 나면 그땐 정말 골치 아픈 일이 벌어질 터였다.

'젠장할! 저놈 눈깔을 봐서는 말해주기 전에는 물러서지 않을 기세인데, 빌어먹을! 아는 거라곤 화산파 무공하고 내 것 말고는… 말고는? …말고는……!'

염호가 거기까지 생각하다 말고 눈을 번쩍 치켜떴다.

"태사조?"

염호가 채근하는 진무를 쳐다봤다.

진무는 죽은 태사조가 남긴 최후 심득에 대해서 대단한 기대를 하고 있는 듯 벌써부터 만면에 웃음이 가득했다.

'참 해맑기도 하다. 으이그!'

저 특유의 남의 속도 모르고 웃는 낯을 하는 진무를 보며 염호의 어깨가 축 늘어졌다.

"있지."

"오오! 그것이 무엇입니까?"

염호가 헛기침을 하며 목소리를 가다듬었다.

"한 가지 무기 쓰는 법을 전수받았어."

"그렇다면 검이나 도를?"

도리도리.

"하오시면 곤이나 창 종류의 장병기를?"

도리도리.

"그럼 채찍……?"

"쓰읍?"

"흐흠! 허허험!"

눈을 흘긴 염호가 짧게 한숨을 내쉬었다.

'에라! 모르겠다! 될 대로 되라지.'

그리고 말했다.

"부술(斧術)을 배웠어."

"……?"

진무가 눈만 껌벅껌벅거리자 염호가 인상을 쓰며 말했다.

"도끼 말이야."

"…도끼… 요?"

한 박자 늦게 반응이 온 진무가 평생 처음 들어본 말인 것
처럼 해괴한 표정을 지었다.

"응!"

"이, 이름이 무엇인지…?"

"자… 자하역류탄과(紫霞逆流彈)과 매, 매화천강추(梅花
天罡鎚)."

말을 해놓고서 염호가 슬쩍 진무의 눈치를 살폈다.

"오오? 실로 범상치 않은 이름이옵니다!"

다행스럽게도 진무는 한 점의 의심 없이, 오히려 크게 경탄
한 표정을 지으며 찬사를 연발했다.

하지만 염호는 속으로 눈물을 흘렸다.

'죄송합니다, 사부. 제자가 급해서 그만 천살역류탄(天殺逆流彈)과 파산천강추(破山天罡鎚)를……'

그렇다.

염호가 언급한 것들은 사실 그의 사부로부터 전수받았으며 백 년 전 강호무림을 떨어 울린 천살마군 염세악 자신의 무공이었다.

그걸 급하다 보니 대충 화산파 하면 대변되는 '자하'와 '매화' 글자를 집어넣어 족보를 바꿔치기 한 것이다.

금이야 옥이야 염호를 키우고 가르친 그의 스승 종사 원승결.

그가 알면 지하에서 통곡할 일이 아닐 수 없었다.

"하면 본 파의 후신들에게 태사조께서 남기신 마지막 심득을 보여주실……"

'읏?'

염호는 진무의 말이 채 끝나기도 전에 화들짝했다.

"당장은 안 돼."

"어째서 말이옵니까?"

단호하기까지 한 염호의 거부에 진무가 적잖이 실망한 기색으로 물었다.

"흠흠! 도끼가 없어."

"예?"

아무리 순진한 진무지만 이번만은 수긍할 수 없다는 듯 어이없는 표정을 지었다.

말인즉슨 무공을 시연해 줄 무기가 없어서라는 얘긴데 발에 채이고 눈만 돌리면 널린 게 도끼가 아닌가.

하지만 한 번 발동한 염호의 잔머리와 기름칠한 혓바닥은 이미 미친년 널뛰기하듯 거침없이 비상하는 단계였다.

"평범한 도끼로는 안 돼."

"……?"

염호가 진지한 표정으로 비밀이라는 듯 주위를 살피며 목소리를 착 가라앉혔다.

덩달아 진무도 귀를 가까이 가져가며 숨을 죽였다.

"사부님이 마지막으로 남기신 무공은 너무나 가공스러울 정도로 위력이 엄청나지."

"음."

"어느 정도냐면, 자하역류탄이나 매화천강추는 본격적으로 펼쳐 보이기도 전에 기운을 끌어 올리는 것만으로도 하늘이 쪼개지고 땅이 뒤집어질 정도야."

"허?"

"이제 알겠어? 평범한 도끼로 그걸 시도했다가는 시작하기도 전에 자루는 말할 것도 없고 도끼의 쇠붙이 부분까지 가루로 변해 먼지처럼 사라질 거야."

"오오?"

진무는 마치 눈으로 직접 목격한 것 마냥 눈이 휘둥그레져 탄사를 연발했다.

염호가 그런 진무를 보자 신이 나 희희낙락했다.

'어이구! 얼굴 봐라? 짜식이 어릴 때나 늙어서나 반응은 아주 실하단 말이야? 큭큭!'

신이 난 염호가 한 겹 더 포장했다.

"그리고 장문인이 좀 이해해 줘. 내가 아직 나이도 어리고 순진하다 보니 어른처럼 굴지 못하는 구석이 있어."

"예? 무슨 말씀이시온지……?"

진무는 염호의 뜬금없는 말에 의아한 눈으로 쳐다봤다.

염호가 자못 슬픈 기색으로 고개를 떨궜다.

"사부가 마지막으로 남기신 최고! 최강! 최후의! 비전이잖아. 그걸 평범한 도끼로 보일 수는 없어. 지하에 계신 사부님을 욕보이게 할 순 없으니까… 그럼 내가 마음이 너무 아프니까… 그래서……."

"아……."

염호가 슬픈 듯 고개를 꺾어 하늘을 올려다보며 눈물을 삼키는 양 목울대를 꿀꺽하며 눈을 끔벅거렸다.

그리고 목을 길게 빼고서 천공을 보며 말했다.

"사부우~"

"태사조님……."

그 모습을 본 진무가 측은함을 참을 길이 없어 엄격한 항렬의 차가 있는 신분임에도 불구하고 염호를 왈칵 끌어안았다.

'다 때려치울까?

야도는 진심으로 자문해 보았다.

물론 순간의 울컥거림으로 해보는 부질없는 반항에 불과하다는 것을 스스로 잘 알고 있었다.

하지만 하늘을 올려다보며 죽은 자신(?)을 구슬피 부르는 저 어린 검신을 보고 있자니 기가 막혔다.

되도록 그가 뭘 꾸미든 상관하고 싶지 않았지만 갈수록 가관이었다.

'도대체가…….'

이제까지 과정만 보면 귀신도 혀를 내두를 협잡꾼에 사기꾼이 따로 없다.

대별산 백마첨봉에서 직접 겨뤄보지 않았다면 저 해맑은 웃음과 순진한 표정을 짓는 소년이 백 년 전의 전설적 기인 검신임을 절대 못 믿었을 것이다.

'파천십이도결… 지천…….'

야도는 불편해지는 심사를 달랠 때마다 어느새 버릇이 되어버린 두 단어를 속으로 되뇌었다.

미완의 도법인 '파천십이도결'의 완성과 도의 끝이라고 말한 미지의 경지 '지천'.

지금처럼 다 집어치우고 원래 성질대로 나가고 싶을 때마다 그가 참을 인자 대신 주문처럼 외우는 것이 바로 파천십이도결과 지천이란 글자다.

아무리 미친 듯이 도를 휘두르고 승부를 걸어도 멈추질 않았던 갈증, 평생을 옭아매며 거대한 벽으로 다가왔던 나락 같은 절망.

그 모든 것을 해결해 줄 열쇠를 가진 자를 차마 떠날 수가 없었다.

한편, 염호의 연기에 홀딱 넘어간 진무는 눈시울이 붉어질 정도로 가슴이 젖어 분연히 맹세했다.

"태사조! 근심치 마옵소서. 이 장문인이 무슨 수를 써서라도 기필코 그분께서 남기시고 간 두 가지 비전을 세상에 보일 수 있도록 할 것이옵니다! 절세의 보병(寶兵), 아니, 신병(神兵)을 구할 것이옵니다."

"보, 보병? 신병?"

염호가 소리만 시늉하며 꺼이꺼이하다가 진무의 말에 당황해 더듬거렸다.

"그렇습니다. 천하를 다 뒤져서라도 몇 년이 걸리든 선광

부(仙光斧)나 쌍룡월(雙龍鉞)에 버금가는 것들을 기필코 찾아
내겠습니다."

'헉? 아니, 얘가 왜 이래?

염호가 자신의 지혜로움에 감탄하다가 진무의 말을 듣고
질겁한 눈을 했다.

선광부는 옛 상(商) 나라 때의 전설로 전해지는 대부이고,
쌍룡월은 송태조 조광윤의 개국 신화에 나오는 한 쌍의 도끼
다.

지금 그런 전설에 버금가는 절세 도끼를 찾아내 주겠다고
약속을 하는 것이다.

그냥 달래고 위안으로 하는 말로 여기기에는 진무의 표정
이 너무 진지했다. 게다가 그는 일파를 이끄는 종주의 신분이
아닌가.

하지만 염호의 눈에 이제껏 거짓으로 부풀려 버린 상황과
별개로 살짝 기대하는 빛이 떠올랐다.

'정말 그것들에 버금가는 도끼를 찾아낼 수 있을까?

염호는 그저 생각만으로도 입맛을 다셨다.

본래 그가 천살마군으로 이름을 떨친 절기가 바로 도끼가
아니던가.

거짓으로 꺼낸 말이 이제는 까마득해 잘 기억도 나지 않는
소싯적을 함께한 애병의 아련한 추억을 불러왔다.

보통 사람은 들 엄두도 내지 못했던 거대한 패왕부(覇王斧)와 손을 떠나는 순간 벼락이 되어 상대에게 죽음을 선사했던 흑뢰정(黑雷霆).

둘 다 천금을 주고도 사기는커녕 구경도 못할 곤오강(昆鳥鋼)의 재질로 제작된 것이다.

곤오강은 곧 절대 부러지지 않는 신금의 대명사다.

보통 역사가 꽤 깊은 세력에서 대대로 보물처럼 애지중지하며 전해지는 무기들이 만년한철로 만들어진 것이다. 그것도 통짜 만년한철로 제작된 병기는 전무하다 할 정도로 귀하다.

곤오강은 이 만년한철을 숫돌로 써도 수백 장을 써야 날을 벼릴 수 있는 강도를 자랑한다.

게다가 오직 곤륜산에서만 유일하게 나는 것인데 역대 황조에서도 겨우 주먹만큼의 양밖에 구하지 못할 정도로 귀한 것이다.

패왕부와 흑뢰정은 도끼의 날 부분뿐만 아니라 자루까지 몽땅 곤오강이다.

지금까지도 평생을 산에서 나무만 하신 스승이 어찌 그런 귀한 신금을 가지고 있다가 제작을 하셨는지 신기할 따름이었다.

아마 나라에서 이 사실을 알았다면 무슨 수를 써서라도 강

탈을 하려고 혈안이 됐을 것이다.

'그럼 뭐하나······.'

염호가 아쉬운 듯 한숨을 내쉬었다.

애병을 보지 못한 지 벌써 백 년 가까이 흐른 세월이고, 또 어디에 있는지도 몰랐다.

'제길! 그게 온전할 리가 없지. 한호 자식이 벌써 녹여서 끼리끼리 사이좋게 나눠 먹었겠지. 안 봐도 뻔하다! 이 자식들아!'

염호가 오랜만에 한호의 얼굴을 떠올리며 그 무리까지 싸잡아 욕설을 퍼부었다.

*　　　*　　　*

"으어! 춥다!"

"다들 수고했다."

"오 사형도 수고 많으셨습니다."

"아까부터 눈이 오던데 겨울 동안 날 땔감을 오늘로 딱 끝내서 다행이에요."

"그래, 정말 다행이다."

옷과 얼굴, 손에 온통 흙먼지가 가득 낀 화산파 삼대제자들이 앞서거니 뒤서거니 사이좋게 더운 수증기가 뭉게뭉게 피어나는 목욕장 안으로 들어갔다.

모두가 함께 쓰는 공동 목욕장이다.

청빈을 덕목으로 하는 수도자의 신분인데다 많은 수의 제자가 함께 살다 보니 화산파에는 애초부터 개인 목욕간은 존재하지 않았다.

탕 안으로 들어서기도 전에 이미 뜨거운 물을 가득 채운 안쪽으로부터 더운 김이 훅 끼쳐 왔다.

겨우내 날 땔감을 며칠 동안 준비한 삼대제자들은 누구 할 것 없이 시원스레 탈의했다.

그리고 한 명씩 벗은 옷을 익숙한 듯 쳐다도 보지 않고 한쪽 방향으로 휙휙 던졌다.

그들의 손을 떠난 옷은 안쪽 욕탕과 목간 외벽 사이에 어른 키만큼이나 오똑 솟아난 뭉툭한 철 막대 위에 날아가 척하니 걸렸다.

턱! 턱! 터턱! 툭!

무려 스무 명에 가까운 이의 옷이 하나둘씩 날아가 걸리는데 철 막대는 조금의 흔들림도 없었다.

"사숙님!"

"어? 윤 사질이구나? 다들 돌아온 거야?"

"예! 이제 땔감은 더 준비하지 않아도 될 것 같아요."

"오? 그래?"

화산과 주방을 책임지며 음식 솜씨로 따를 자가 없는 이대 제자 허복이 반색했다.

"부지런히 했나 보구나. 며칠은 더 걸릴 줄 알았는데?"

"네. 다들 열심히 했어요."

삼대제자인 윤각의 대답에 허복이 흐뭇한 미소를 지었다.

"다들 꾀부리지도 않고 고생했는데 얼른 맛있는 음식부터 준비해야겠다."

"와? 정말요?"

"그래, 너희는 고생을 했으니까 식사 시간까지 기다리지 말고 씻고 난 다음에 바로 곧장 오거라. 사숙이 알아서 다 준비해 놓을 테니."

"감사합니다! 사숙!"

윤각이 기뻐하며 꾸벅 인사하더니 제 사형제들한테 빨리 알려주고 싶은지 허복의 대답도 기다리지 않고 부리나케 달려갔다.

"어이구! 저 녀석⋯⋯."

허복이 실소를 했다.

"이거 호언장담했는데 느긋하게 준비하면 안 되겠는걸?"

혼잣말로 중얼거리던 허복이 손에 든 칼을 내려놓고 두리번거리더니 이내 야채 더미가 수북이 쌓인 바닥을 발끝으로 헤집었다.

"찾았다!"

허복이 웃으며 뒤적거린 야채 더미 속으로 손을 쑥 집어넣었다.

그리고 허복의 손에 들려 나온 것은 팔뚝만 한 길이의 손잡이에 새파랗게 날이 선 손 도끼였다.

"고놈 참! 어떻게 녹도 안 슬고 날도 안 상하는지. 게다가 자루까지 쇠붙이라니. 니가 내 보물이다!"

허복이 실실 쪼개며 도끼를 쓰다듬었다.

"흐흥~! 으흥~!"

양파와 무를 얇게 저미는 허복의 흥얼거림이 주방 밖으로 새어 나왔다.

第六章

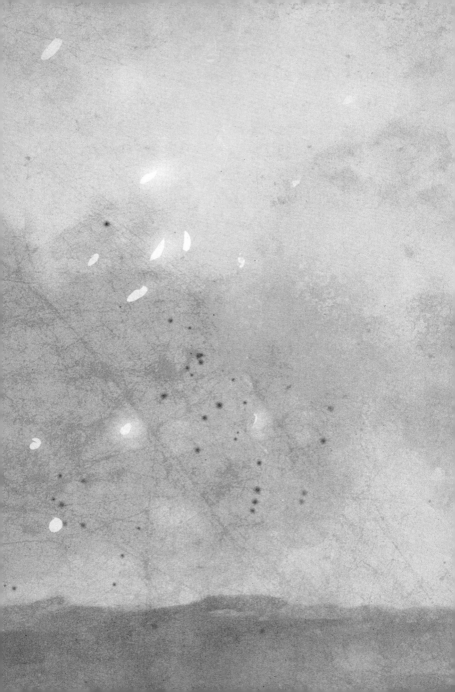

화소옥이 가쁜 숨을 몰아쉬며 얼굴이 빨개져서 거처로 들어섰다.

"어떻게 됐소? 사실이오?"

"정말 태사조님의 제자가 맞아? 그렇대?"

설매산장의 형제, 은호청과 은호열이 몸만 멀쩡하면 숫제 달려들 기세로 물어왔다.

과묵한 홍화순이나 냉기를 풀풀 날리는 백소령도 화소옥이 들어선 순간부터 그녀의 입만 주시했다.

아직도 상기된 표정이 가득한 화소옥이 숨을 가다듬으며

고개를 끄덕였다.

"맞대."

"……!"

"진짜 태사조님 제자래."

"돼, 됐다! 됐어? 됐다고!"

"돌아갈 수 있다! 하하하하! 돌아갈 수 있어!"

은씨 형제가 동시에 환호성을 내질렀다.

반면, 홍화순과 백소령은 기쁜 것도 그렇다고 나쁜 것도 아닌 다소 애매한 표정으로 물들었다.

화소옥은 은씨 형제가 왜 저리 기뻐 날뛰는지 이유를 알고 있었다.

"미리부터 기뻐하지 마. 태사조가 점혈한 혈도를 제자라는 자가 풀 수 있을지 없을지는 장담할 수 없는 거야."

화소옥의 힐난에 은씨 형제가 좋아라 하다 말고 사이좋게 인상을 구겼다.

"그럴 리가 없소!"

"야, 이 기집애야! 지금 꼭 그런 말을 해야겠어?"

은호청과 은호열이 태사조에게 점혈을 당해 각각 상반신과 하반신이 마비된 채로 생활한 지가 벌써 백 일이 넘어간 지 오래였다.

처음 검신 태사조가 강남의 대별산 백마첨봉에서 야도와

동귀어진했다는 소식을 접했을 때, 은씨 형제는 겉으로 티는 내지 않았지만 속으로 얼씨구 춤을 추고 싶은 심정이었다.

괴물 같은 영감이 죽었으니 이제 자유라고 생각한 것이다.

당장에 당시 사문에 상주 중이던 부친 은목서와 함께 장로전을 찾아가 태사조가 점혈한 혈도부터 풀어 마비된 몸부터 되찾고자 했다.

하지만 누구도 둘의 혈도를 풀어 정상으로 돌아오게 만들지 못했다.

장로들은 말할 것도 없고, 대장로 손괴와 장문인까지 나섰지만 오히려 잘못 손을 썼다가 형제가 나란히 사지가 꽈배기처럼 꼬여 하마터면 정말로 폐인이 될 뻔했다.

다행히 간신히 위험한 고비를 넘기기는 했지만 그 후로는 은씨 형제는 물론이거니와 화산파의 장로들도 감히 혈도를 풀 엄두조차 내지 못했다.

그들의 아비인 은목서는 방법을 알아보마, 라는 말만 남기고 떠났다. 원래부터 엄정하고 강직한 성격이던 그들의 아비는 위로는커녕 오히려 지금까지 행한 잘못에 대한 벌이라 생각하고 근신하라는 모진 말을 하고 하산해 버렸다.

결국 당사자인 태사조가 죽었으니 영영 마비된 몸을 되돌릴 수 없다는 사실을 깨달은 형제는 아득한 절망감에 사로잡혀 여태 식음을 전폐하다시피 할 정도로 삶을 반쯤 포기하고 있던 차였다.

그런데 느닷없이 들려온 말이 '태사조의 제자가 나타났대!' 라는 고함 소리였다.

관 속에 들어갔다 부활한 사람 같은 표정을 한 은씨 형제가 화소옥에게 사정을 알아보라고 들들 볶은 것은 당연했다.

"왕 장로께서 그러시는데, 태사조님의 제자라는 애도 기질이 평범하지 않은 모양이라더라."

화소옥이 찝찝한 표정을 지었다.

"……?"

무슨 소린지 알아들을 수 없어 일행이 의아한 얼굴을 하자 화소옥이 들은 바를 간략히 풀었다.

"요 앞에서 용천장의 규중화와 총관인 금강영왕을 제압해서 볼모로 잡아버렸대."

"……?"

요 앞? 어디 앞?

화산이 무슨 마을 어귀도 아니고.

눈썹을 모으며 인상을 찌푸리던 이들이 분초의 차이로 너나 할 것 없이 안색이 돌변했다.

가장 말이 없는 백소령이 떨리는 음색으로 잠꼬대처럼 뇌까렸다.

"용… 천… 장……?"

"......!"

순간 모두의 입이 딱 벌어졌다.

"자, 잠깐만! 그, 그그, 그게 대체 무슨 소리요!"

은호청이 정신 줄이 오락가락하는 표정으로 어버버거렸다.

은호열은 너무 놀라 당황한 나머지 성부터 냈다.

"야, 밑도 끝도 없이 그게 무슨 소리야! 용천장이 갑자기 왜 나와!"

홍화순은 입이 벌어진 채 멍하니 화소옥을 쳐다만 봤다.

규중화?

지금 용천장의 그녀를 말하는 건가? 천하제일인 한천 연경산의 하나뿐인 외동딸?

금강영왕은? 천하에서 가장 강하다는 열 명의 초인 중 한 명인 그 금강영왕?

그들이 잡혀? 그들이 왜 잡혀?

홍화순의 머릿속이 엉망진창으로 변했다.

처음부터 끝까지 말이 되는 게 단 하나도 없었기 때문이다.

*　　　*　　　*

"강남무림에 대해선 생각해 둔 복안이 있나?"

북검회 부회주 조문신의 물음에 좌문공이 고개를 흔들었다.

"아니, 왜?"

"시기가 좋지 않습니다."

"시기?"

조문신이 무슨 소리냐는 얼굴을 했다.

좌문공은 그의 속내가 훤히 들여다보이기에 쓴웃음을 지었다.

남도련이 몰락해 완전히 그 종지부를 찍었으니 강남무림은 무주공산이나 다름없었다.

당연히 야망을 가진 자라면 크게 떨치고 일어나 세를 규합하고, 세력을 일군 자라면 강남의 문파를 그늘로 불러 포용할 시기로 가늠할 만하다.

"남도련이 해체된 것은 자멸한 것이 아니라 검신에 의해서였습니다. 그것도 반항할 마음도 먹지 못할 만큼 압도적으로 말입니다."

"나도 아네."

다 아는 얘기를 뭐 하러 또 꺼내냐는 투였다.

"사람이란 게 원래 함께 뭉쳐 있을 때 안정을 느끼고 과시하는 마음이 생겨납니다. 그런데 그걸 잃었지요. 강제로 말입니다. 물론 피해를 입은 쪽보다 그렇지 않은 쪽이 더 많을 테지만 그들 모두 자존심에 상당한 금이 갔을 겁니다."

조문신은 그런 것이 무슨 문제냐는 듯 눈살을 찌푸렸다. 좌
문공이 설핏 웃으며 말했다.

"시장통의 엿장수가 잡배들에게 흠씬 두들겨 맞고 그날 번
돈까지 다 뺏겼습니다."

"……?"

"그런데 그 상황에서 다른 엿장수가 와서 술 한잔 사주면
서 내 밑으로 들어와라, 라고 하면 좋아하겠습니까?"

"으음."

그제야 무슨 뜻인지 이해한 것인지 조문신이 겸연쩍은 표
정으로 침음했다.

"그보다는 우리 북검회가 지금 신경 써야 할 곳은 화산파
입니다."

"거긴……."

뭐라 대꾸하려다 말고 조문신이 이내 '끙' 하는 답답한 소
리를 흘렸다.

좌문공은 그런 그를 탓하지 않았다. 자신의 심정도 딱 그랬
기 때문이다.

"다행으로 검신이 야도와 함께 죽긴 했지만 화산파의 기세
가 예사롭지 않습니다."

조문신이 동의한다는 듯 고개를 끄덕였다.

"섬서지역은 종남파에 힘을 실어줬는데 벌써부터 인심이 화산파 쪽으로 기우는 분위기더군."

"섬서가 문제가 아닙니다. 지금 검신의 신화적인 행적과 장렬하기까지 했던 산화로 강북, 강남을 따지지 않고 온 무림이 화산을 추켜세우고 있습니다."

문제는 그것만이 아니었다. 말을 더 보태지 않아서 그렇지, 비매절영 신웅담이 천진벽력당을 필두로 해서 문호를 정리해간 그간의 행적도 널리 알려지면서 검신과는 다른 의미로 명성이 쟁쟁해지고 있었다.

검신이 무림에 널리 알려져 그 위업이 무림을 진동하고 있는 상황이라면, 신웅담은 보통의 양민들에게 소문이 퍼지면서 화산파 자체에 인심이 쏠리며 과거의 위상을 회복하고 있었다.

게다가,

"용천장이 움직였습니다."

"……!"

조문신의 낯빛이 급격히 굳어졌다.

"용천장이 화산파를?"

좌문공이 고개를 끄덕였다.

"한천의 여식이 영악하기가 보통이 아니라더니 벌써 사람을 보낸 건가?"

"직접 움직였습니다."

조문신이 그 말에 놀란 듯 눈을 치떴다가 이내 노기 어린 표정을 감추지 못했다.

"그럼 뭔가? 지금 용천장이 대놓고 우리 북검회의 영역 안으로 무리지어 들어왔단 말인가?"

"아닙니다. 행렬은 단출했습니다. 마차를 끄는 이를 제외하고 보좌한 이는 서 총관뿐이라고 합니다."

"뭣이? 겨우 그 둘? 괘씸한 놈들! 오만하기가 그 아비에 그 딸이고, 그 주인에 그 종놈이로다! 우리 북검회를 무시해도 유분수지, 감히!"

조문신이 치밀어 오르는 화를 참지 못하고 턱밑의 수염을 파르르 떨었다.

하지만 좌문공은 한숨을 내쉬며 고개를 흔들었다.

"그 둘이면 더 뭐가 필요하겠습니까? 금강영왕 서귀는 천하십강의 한 명으로 무서울 것이 없는 고수인데다 규중화는 비록 나이는 어려도 제 아비의 재주를 모두 물려받아 천하십강보다 윗줄이라는 평이 자자하지 않습니까?"

사실이었다.

용천장의 규중화가 한천이 직접 고안하고 제작했다는 용천십벽과 중천관을 모두 돌파했다는 사실은 이미 소문이 파다하게 퍼진 지 오래다.

"그럼 어쩌자는 겐가? 이대로 안마당에서 눈 빠히 뜨고 화산파가 남의 손에 넘어가는 꼴을 지켜보자는 겐가?"

"일단은 지켜보도록 하지요. 충돌은 있을 수 없습니다. 같은 정파라 명분도 없을뿐더러, 설혹 규중화와 금강영왕을 상대해봤자 남 좋은 일만 시키는 꼴입니다."

"으흠!"

조문신은 좌문공의 소극적인 방안이 마음에 들지 않는다는 듯 헛기침을 터뜨렸다.

"검신이 죽어도 이름값을 톡톡히 하는구만. 용천장의 주인이 직접 걸음할 위세라니. 허어?"

"그것도 이제 다 끝입니다. 지금쯤이면 화산파도 아주 골치가 아플 정도로 처신하기가 곤란할 것입니다."

"그럴까?"

좌문공이 생각할 것 뭐 있느냐는 듯 피식 웃었다.

"우리 쪽에서도 무시할 수 없는 둘입니다. 검신도 죽은 마당에 규중화가 아니라 천하십강의 금강영왕이라도 감당할 사람이 화산에 있겠습니까?"

"그도 그렇군."

조문신이 고개를 끄덕였다.

*   *   *

"이놈은 그냥 놔둬."

염호의 말에 장문인 진무를 비롯한 모두의 시선이 돌아갔다.

연산홍이 머물 도관 하나를 물색해 임시 거처를 마련해 준 뒤 야도보고 지키라더니 서귀 쪽은 신경도 안 썼다.

지목당한 당사자인 서귀의 얼굴에 당혹스런 감정이 묻어나왔다.

염호가 만사 귀찮다는 표정으로 심드렁하게 말했다.

"어딜 쏘다니고 자든 알아서 하라고 그래. 밥은 굶기지 않을 테니까."

염호의 말에 연산홍과 서귀를 제외하곤 모두가 멀뚱멀뚱 서귀를 쳐다봤다.

서귀는 기가 막혔다.

분명 강제로 힘에 굴복당해 엄연히 포로로 사로잡힌 몸이 아닌가?

그런데 몸을 구속하기는커녕 지키거나 감시자도 붙이지 않고 마음대로 하고 다니라니?

명색이 용천장의 총관이란 신분으로 요인 중의 요인이며, 개인적으로는 그래도 천하십강의 한 명으로서 무림에서 사회적 지위와 위치가 있는 신분이었다.

그런데도 전혀 신경을 쓰지 않는 태도와 말투라니.

서귀는 이상한 이유로 기분이 나빠졌다.

그래서 염호를 노려보며 쏘아붙였다.

"내가 이대로 화산파를 빠져나가면 어떻게 할……."

"가봐."

"……!"

염호가 관심도 없다는 듯 턱짓했다.

"가라고. 난 이 지지배가 있으니까."

"……."

이번엔 다들 연산홍을 쳐다봤다.

서귀가 이를 갈아붙이며 다시 쏘아붙였다.

"내가 화산파의 장로 중 하나를 인질로…"

"해! 내 옆에 장문인도 있구만 뭘?"

"……!"

"누굴 인질로 잡든 맘대로 하라고. 난 이 지지배가 있으니까."

"……."

서귀는 십이지장이 부글부글 끓다 못해 모조리 녹아내리는 것 같았다.

무슨 짓을 하고, 뭘 하든 자기한테는 연산홍이 있다는 말.

진무와 동행한 일부 장로는 염호의 뜻을 알아차리고 탄복해 고개를 끄덕거렸다.

　나이가 어려 철없이 막무가내 짓을 하는 것 같으면서도 가만히 보면 뭐든지 핵심을 찌르며 상대를 꼼짝달싹 못하게 하는 수단이 대단했기 때문이다.

　용천장의 위세를 빌어 위협한 연산홍을 무력화하기 위해 그녀를 볼모로 사로잡은 결단력도 그러했고, 그런 연산홍을 붙잡아 두고 금강영왕 서귀까지 꼼짝 못하게 만드는 수완까지.

　미리 계획한 것이 아니라면 상황을 판단하는 능력이 보통이 아니었다.

　'허? 어찌 저 어린 나이에?'

　'대담하면서 치밀하기까지!'

　'정말 무서운 혜안을 지니셨구나!'

　'대단하다! 태사조께서 괴물을 키우셨구나!'

　연산홍이 서귀를 향해 조용히 고개를 가로저었다.

　더 이상 무엇도 취하지 말라는 뜻.

　그걸 본 서귀는 한편 죄스러우면서도 피가 거꾸로 솟는 기분이었다.

　'내 저놈의 웃는 낯짝을 언젠가는!'

　이를 갈아붙였지만 서귀가 할 수 있는 건 아무것도 없었다.

　그저 무력하게 연산홍을 향해 고개를 숙여 보인 뒤 내쫓기

듯 물러나는 것을 빼고는.

연산홍도 마찬가지였다.

"뭐? 안아서 들여보내 줘?"

염호의 말에 대꾸할 가치도 못 느낀 연산홍은 아무런 시도
도 응대도 하지 않고 제 발로 순순히 머물 처소 안으로 들어
가 버렸다.

'계집애! 확실히 성깔은 좀 있네.'

염호가 그런 연산홍을 보며 히죽 웃었다.

*　　　*　　　*

탁자를 앞에 두고 앉은 연산홍은 문으로 비치는 그림자를
응시했다.

아직도 뇌리에 남은 선명한 기억.

일도에 산허리를 양단하며 산사태를 불러온 무서운 실력
자.

그녀가 알기로 도를 쓰는 자 중에 그만한 실력과 기세를 가
진 자는 단 한 명뿐이었다.

하지만.

'그럴 리가 없지.'

연산홍이 고개를 가로저었다.

그녀가 추정하는 도에 관한 일인자는 이미 이승에 머무는 자가 아니었다.

검신 한호와 함께 싸우다 시체조차 남기지 못하고 공멸했으니까.

'어쩌다 일이 이렇게 됐을까?'

연산홍은 마치 귀신에라도 홀린 느낌이었다.

염호의 얼굴을 떠올린 그녀가 입술을 깨물었다.

'아직 끝나지 않았다.'

산홍아. 너를 믿는다.

오래전 실종된 아비의 목소리가 곁에서 얘기하듯 뇌리에서 메아리쳤다.

외롭고 힘에 부칠 때마다 반복돼 오던 버릇의 일종이었다.

연산홍은 자애로운 눈빛으로 자신의 머리를 쓰다듬던 아비의 얼굴을 떠올렸다.

'산홍아. 내 슬하에 너 하나뿐이지만 아비는 네가 있어 용천장을 비울 때에도 단 한 번도 근심을 품은 적이 없다. 아비는 너를 그토록 믿는다.'

하나뿐인 딸이었기에 천하경영의 격무에 시달리면서도 연

경산은 연산홍과 많은 시간을 보냈다.

그럼에도 연산홍은 유독 하나의 기억만을 몇 번이고 떠올리며 곱씹었다.

'산홍아, 정파의 기둥인 구파일방과 전통의 무림세가들이 무림맹을 제대로 이끌지 못한 것은 그들 안에 인물이 없어서가 아니었다. 인물은 오히려 차고 넘쳤다.'

바로 그녀의 아비가 천래궁주 요천의 도전을 받아들여 길을 떠난 실종되기 전 나눈 마지막 대화.

'하지만 영웅은 있으나 군자는 없었던 것이 문제였단다. 그들은 부족함이 없었음에도 절제를 몰랐기에 결국 애비의 손에 절단이 나고 뿔뿔이 흩어지고 만 게야.'

묘하게도 연경산은 마치 자신의 미래를 예견한 것인지, 아니면 어떤 조짐을 느낀 것인지 연산홍과 나눈 마지막 대화가 평소와는 사뭇 달랐다.

'사람을 다스리는 것은 패도가 아니다. 용맹과 힘보다는 인내와 덕을 크게 해 중망이 따르도록 해야 하느니라.'

당장 내일의 일을 근심하고 가르치는 것이 아니라 아주 먼 나중의 일까지 미리 내다보듯.

마치 유언처럼.

그 때문이었을 것이다. 그날 그녀가 떠나는 아비를 보며 그토록 불안해했던 느낌의 정체는.

'하지만 산홍아. 인내와 덕으로 다스리는 시대는 지금이 아니라 내가 가고 네가 간 뒤의 후세가 될 것이니라.'

절대 잊지 말라는 듯, 이후에도 늘 좌우명으로 삼으라는 듯이 말했다.

'태평성대를 이루기 위해서 강력한 힘에 의한 질서와 피를 보는 것은 불가피하다. 역대 모든 왕조가 개국 초에 피바람이 부는 패도 일색이었던 것은 이 때문이다.'

그리고 그때 연경산은 처음으로 그녀에게 단호하고도 무서운 말을 내뱉으며 당부하기까지 했다.

'산홍아. 애비가 하는 말을 꼭 새겨들어야 한다. 중원을 태평성대로 이끄는 데 있어서 절대 남의 힘을 빌려서는 안 된다. 오직 용천의 힘으로, 용천의 이름으로 행하거라. 머리를 숙인 자는 품에 안고 그렇지 않은 자는 싹을 밟고 목을 쳐라. 중간은 없느니라.'

그녀는 아비가 실종된 후, 용천장의 장주 자리에 오르면서 처음부터 철저히 아비의 말을 따랐다.

당황하지도 않았고 갈팡질팡하지도 않았다.

마치 예정돼 있던 운명을 받아들인 것처럼.

그 말을 좇아 처음으로 행한 것이 아비의 실종을 핑계로 분란을 조성하는 내부의 적을 모조리 제거하는 일이었다.

그녀는 혼자가 아니었다. 스승이나 다름없는 서귀가 있었으니까.

적과 적이 될 자를 어찌해야 되는지는 서귀에게도 가르침을 받았지만 아비의 말 또한 잊지 않았다.

'한 번 양보를 하고 예외를 두면 두 번 세 번은 더욱 쉬워지는 법이니라. 결국은 유야무야 이래도 좋고 저래도 좋은 저들처럼 되겠지. 타협은 굴종과 같은 뜻이고 안정은 곧 썩었다는 뜻이다.'

언제나 그 부분에 대해서 연경산은 단호했다.

용천장이 정파의 거대한 축이고 연경산이 불성과 취성의 공동제자로 소림사와 개방의 지원이 있음에도 많은 유수의 정파 진영으로부터 비판받고 불화하게 된 원인이라 할 수 있는 기조였다.

'멀지 않았다. 오래도록 지리하던 싸움이 끝나는 것도. 사파는 지리멸렬이고, 마교는 그 맥이 끊겼다. 이제 중원에 진정한 태평성대를 가져다줄 수 있는 곳은 오로지 우리 용천장뿐이다.'

연산홍은 아비의 말을 한 자 한 자 곱씹으며 피가 나도록 주먹을 움켜쥐었다.

'제가 해낼 것입니다. 어디에 계시든 살아만 계세요. 지켜보세요. 지켜보실 수 없는 상황이거든 듣기라도 하세요. 반드시! 반드시 제 손으로 용천장만이 유일한 질서인 세상을 이룰

것입니다. 반드시.'

그녀는 몇 번이고 다짐했다.

지금 처한 어려운 상황에 꺾이지 않겠다는 듯, 힘들지 않다는 듯.

몇 번이고 같은 기억을 반복해 내며.

*　　　*　　　*

"청풍각으로 가시지요."

"아니야. 됐어."

진무가 청했지만 염호는 고개를 붕붕 흔들었다.

"그럼, 어디로……?"

"그냥 여기저기 구경 좀 할까 하고."

"그러십니까?"

진무가 고개를 끄덕이다가 방금 전 지나온 연산홍의 처소 쪽을 쳐다봤다.

"용천장의 여식을 저리 놔둬도 괜찮을지 모르겠습니다. 규중화란 별호가 조신한 양가의 규수를 가리키는 뜻이기도 합니다만, 그만큼 몸을 움직이지 않고 웅크리고 있어도 천하를 굽어보는 재주와 지혜가 있다는 뜻이 아니겠습니까."

염호는 진무의 걱정과 달리 쳐다보지도 않고 대꾸했다.

"지키는 놈이 호락호락하지 않으니까 염려 붙들어 매. 사달이 나면 그땐 내가 쫓아가서 잡아 오면 되지."

대단한 자신감이었다.

하지만 진무는 그보다 다른 말에 궁금증과 호기심이 치밀어 올랐다.

"이제서야 여쭙습니다만, 그 폐립을 쓴 시주는 누구신지 말씀해 주실 수 있습니까? 태사조께서 보통분이 아니심은 저도 알고 있는 바이나, 규중화는 천하십강과는 별개로 무서운 경지의 반열에 오른 고수라 말이지요."

"흠……."

염호도 진무의 걱정을 이해했다. 누구라도 그와 같은 걱정을 할 수 있으니까.

더구나 염호 역시 짧은 순간에 불과했지만 연산홍과 직접 대결도 해보질 않았는가.

'하긴, 지지배가 뼈가 보통 야문 게 아니긴 했지. 소싯적으로 따지자면 내공으론 당시 취벽선자(翠碧仙子)보다 못해도 경지로는 옥수마희(玉手魔姬)를 능가하겠어.'

인정할 건 인정할 만했다.

취벽선자는 염호가 젊어서 활동할 당시에도 어디서 왔고, 무엇 때문에 홀연히 나타났다 사라지기를 반복하는지 온통 의문투성이였던 신비인이었다.

옥수마희는 당시 마교 교주인 흑제(黑帝)의 마누라가 될 뻔한 여자로 사실상 무림에서 여고수 중 최고의 자리에 올랐던 여인이었다.

염호는 이 두 여자와 길든 짧든 인연이 있었다.

한쪽은 정말 좋은 추억만을 간직케 해준 여자였다.

'크! 정말 좋은 여자였지. 미모면 미모, 마음씨면 마음씨. 괜히 사람들이 그렇게 부르는 게 아니었어.'

또 한쪽은,

'미친년!'

염호는 길 가다 똥이라도 밟은 듯 재수 없어 하며 얼른 머릿속을 지웠다.

지금의 무림에서 고수라고 하는 것들은 염호가 콧방귀도 뀌지 않았지만 야도는 격이 달랐고 연산홍도 그랬다.

다만 야도는 나이를 감안하고 또 과거 도마의 절기인 파천십이도결을 익혔다는 것에 반해 연산홍은 나이가 많이 어렸다.

아무리 대단한 신공을 익혔다 한들 세월을 거슬러 특출함을 뽐낼 수는 없는 법이다.

그런데도 강하다는 것은 분명 하늘이 내린 인재라는 뜻이다.

"저놈 실력은 내가 보증하니까 염려 붙들어 매."

"그가 도대체 누구기에……."

염호는 이걸 얘기해야 되나 말아야 되는 잠시 고민이 됐다. 시기적으로 아직 말하는 게 이를 수도 있으니까.

하지만, 이내 둘 말고는 아무도 없는 상황임을 자각하며 손짓했다.

"잠시, 귀 좀."

"……?"

진무가 의아한 표정으로 허리를 숙여 귀를 기울였다.

그리고 염호가 조용히 입술을 달싹였다.

"헉?"

진무의 얼굴색이 흙빛으로 변했다.

염호는 괜한 오해로 지루한 변명과 설명을 하고 싶지 않아 재빨리 얘기했다.

"다 사부님 뜻이야. 그러니까 이에 대해선 왈가왈부하지 말라구."

"하오나, 저자는……."

순한 진무의 얼굴에 쉽사리 수긍할 수 없다는 듯 불복하는 빛이 떠올랐다.

염호가 이에 단호히 말했다.

"나는 사부님의 유지를 받들어야 해. 이번 일은 배분의 지위로써 행사하는 권한이니, 설사 장문인이라 하더라도 더 이상 이에 대해 논하는 것은 허락하지 않겠어."

한마디로 서열상 자기가 위니 까불지 말라는 뜻을 점잖게 표현한 것이다.

존장에 대한 예와 사문의 규율을 중요시하는 진무가 어찌 이 말에 토를 달 수 있겠는가.

진무는 염호의 말이 채 끝나기도 전에 정색하며 큰 잘못을 저질렀다는 듯 한참이나 어린 염호에게 허리를 숙이며 머리까지 조아렸다.

"빈도의 경솔함을 꾸짖어주옵소서. 감히 태사조님의 깊은 생각을 살피지 못하고 망동을 부렸나이다."

"그래. 이쯤 하자구."

염호는 형식상 진무의 어깨를 투닥이며 고개를 끄덕거렸다.

"그럼 쉬엄쉬엄 도량을 구경하시고 필요하시면 아이를 시켜 빈도를 부르십시오."

"응. 알았어."

염호는 진무의 인사를 받는 둥 마는 둥 하며 보낸 뒤 고민에 빠졌다.

'야도 저 녀석이 언제까지 얌전히 있어준다는 보장이 없는데. 이를 어쩐다?'

염호가 눈썹을 가운데로 모으며 아직까지 해결하지 못한

고민을 떠올렸다.

'그럼, 파천십이도결의 빠진 부분과 지천에 대해선 언제 가르쳐 줄 것이오.'

'너 하는 거 봐서.'

'나도 하는 거 봐서 부탁을 들어주겠소.'

'뭐? 무림제일도라는 녀석이 뭐가 이리 쫌스러워?'

'검신도 흥정을 그리 잘하는 줄 처음 알았소.'

'뭐? 이놈이?'

염호는 야도와 나눈 대화를 떠올리며 고개를 절레절레 흔들었다.

합의는 봤다.

미완의 파천십이도결과 지천을 가르쳐 주는 대가로 무엇이든 시키는 대로 도와준다는 것.

문제는,

'파천십이도결의 빠진 부분은 구결만 알고 제대로 된 자세는 잘 모르는데 이를 어쩐다?'

야도가 알면 피를 토하며 분기탱천할 진실이 아닐 수 없었다.

게다가,

'지미! 지천이고 나발이고, 도마 그 인간이 지 자랑한답시고 딱 한 번 떠벌린 건데 내가 그걸 어떻게 알아? 칼질하는 방법인지 눈 감고 정신줄 놓는 건지도 모르는 판에. 에휴!'

염호가 한숨을 푹 쉬어냈다.

'뭐 일단 파천십이도결의 구결만 몇 십 글자 되니까, 저놈이 한 번씩 달아오를 때마다 조금조금 썰어서 풀어내는 것으로 시간을 끌어보는 수밖에.'

애초부터 계획이란 것이 그것뿐이었다.

그다음은?

'배 째. 지가 날 이겨 먹을 수 있는 것도 아니고. 뭐 어쩌겠어?'

애초 무림인으로서 자신의 비전을 혈족도 아니고 피 한 방울 안 섞인 다른 이와 공유했다는 것 자체가 말이 안 되는 개소리였다.

'그걸 곧이곧대로 믿은 놈이 등신이지.'

염호는 야도의 순진함을 탓했다.

그 나이 먹고 그 정도로 칼 밥을 먹으며 굴렀으면 속은 놈이 바본 거다.

'그보다 그 지지배도 문제잖아? 떠그랄!'

심사가 불퉁해진 염호의 뽀얀 볼이 실룩였다.

'용천장의 힘이 화산파에 집중되면 피해가 없을 것 같으냐?'

'무림에는 질서라는 것이 있다. 그리고 이는 한 사람의 힘으로는 좌지우지될 수 없다!'

'지금 상황이야 어찌 됐든 화산파가 용천장이 내민 손을 거절하고 끝까지 고집을 부린다면 어려운 길을 가게 될 것이다!'

"흥!"

염호가 연산홍의 말을 떠올리며 가소롭다는 듯 코웃음을 쳤다.

'같은 실수를 또 반복하면 칼을 물고 죽는 것도 아깝다. 어림없다.'

비록 사람도 다르고 전개도 달랐지만 지금의 형국이 불과 얼마 되지도 않은 여양종의 사달과 같다고 생각했다.

그때는 단순히 힘만 보이며 겁을 주고 내쫓았다.

틈을 보인 것이다.

그 때문에 앙심을 품은 여양종이 화산파에 그 참화를 저지른 것이고.

염호는 그 당시의 일을 두고 골백번도 더 후회했다.

감정을 억누르고 좋게 달래서 좋은 게 좋은 거라고 웃으며 관계를 유지하든지, 그도 아니면 아예 반병신으로 만들든지, 관을 짜서 거기 함께 넣어 보냈어야 했다.

'일단은 붙잡아뒀으니 천천히 신중하게 생각해 보자. 급할 것은 없으니까.'

그렇게 마음을 가다듬었다. 하지만 그렇다고 해서 생겨난 귀찮은 일이 잊히거나 없어지는 건 아니었다.

그래서 짜증이 왈칵 치솟았다.

"에잇! 나이도 어린 게 발랑 까져서는! 이쁜 것들은 왜들 다 하나같이 이 모양이야?"

씩씩대더니 그새 또 연산홍의 새하얀 얼굴을 떠올렸다.

'이쁜 것들이란.'

연산홍이 이쁘긴 했다.

아주아주 많이많이.

하지만 곱게 자란 화원의 꽃이 아니었다.

가녀리나 베일 듯 날카롭고 아름다우나 가까이 하면 해를 입을 것 같은.

그런 느낌이었다.

그리고 뭐랄까, 마주하고 있으면 재수가 없는데 막상 뒤돌아서면 뭔가 아쉬운 기분?

이런 기분은 염호에게도 매우 낯선 경험이었다.

가장 기억에 남는 인연이었던 취벽과 옥수, 두 여인에게서도 접해보지 못한 느낌이라고 할까.

그때 누가 들어도 심술과 시비기가 담긴 목소리가 들려왔다.

"비켜라!"

"······?"

"복장을 보아하니 속가인인 모양인데 우리가 누군 줄 아느냐! 썩 비켜서라!"

염호를 향해 전해지는 음성이었다. 염호가 목소리의 주인을 향해 돌아보더니 표정이 묘하게 변했다.

"방금 우리 형이 한 말 못 들었어? 뭘 멀뚱거려? 어린노무 자식이 눈깔 봐라?

'어린노무 자식? 눈깔?

평소라면 화를 낼 법도 한데 염호는 오히려 실실 쪼갰다.

'그래. 그 짧은 시간 안에 철이 들었으면 네놈들이 아니지. 그렇지?

염호의 앞에 떡하니 서서 사이좋게 눈알을 부라리는 업힌 자와 업은 자.

바로 설매산장의 두 재앙의 기둥인 은호청, 은호열 형제였다.

염호의 눈이 자동으로 둘을 지나 뒤쪽으로 향했다.

바늘 가는 데 실 가듯 아닌 척해도 항상 붙어 다니는 녀석들을 보기 위함이다.

역시나, 그 뒤로 홍화순과 백소령이 뒤쪽에 멈춰 서서 이쪽을 바라보고 있었다.

염호는 특히 그중에 홍화순을 바라봤다.

'검신님! 화산파에 거물이 있나 봅니다.'

'무슨 소리야?'

강남무림을 한참 휘젓고 다닐 때 화산파가 걱정되어 육조에게
소식을 알아보라고 시킨 적이 있었다.

'지금 화산파로 가는 길목이 모조리 봉쇄됐답니다.'

'……!'

'육로고 수로고 간에 길목마다 아주 사고가 끊이질 않는답니
다.'

'사고?'

'예. 그런데 그게 우연이 아니라 흑회에서 손을 쓴 거라고 제
아이들이 전해왔습니다.'

'흑회?'

곧 지하 무림, 밤 무림을 가리키는 말이다.

'검신님은 한평생 도나 닦으셔서 모르겠지만 흑회가 비록 고수
는 없을지 몰라도 수단이나 행동하는 방식은 아주 교묘하고 파격
적입니다. 무림인들은 직접 당하면서도 그게 의도된 것인 줄은 눈
치채지 못하지요. 무림 최고의 자객들이 모인 우리 사망림 정도
되니까 흑회의 움직임을 눈치…….'

'그게 화산파에 거물이 있다는 거 하고 무슨 관련이 있어?'

'흐흐! 놀라지 마십시오. 그 명령이 나온 곳이 화산파랍니다.'

'화산파에서?'

'예! 게다가 흑회의 촉망받는 이인자라는 혈표가 직접 명을 내린 것까지 알아냈습죠.'

'혈표?'

'예. 아십니까?'

당연히 모른다. 검신으로 둔갑하고 나선 화산 밖으로 나가본 적이 없는데 하물며 밤의 무림을 휘젓는 당대 흑회의 이인자를 어떻게 알까?

'알려진 것은 많이 없지만 수하가 알아낸 정보로는 얼굴 한쪽 뺨에 긴 자상의 흉터가 있답니다요.'

'자상?'

상념을 끊은 염호가 홍화순을 보며 흐뭇한 미소를 지었다.

'기특한 놈. 내 처음부터 알아봤지.'

얼굴에 난 칼빵이 여느 무림인의 것하고 다른 것임을 한눈에 알아봤다.

어린 시절의 염호도 그 세계에서 출발했으니 그런 종류의 상처에 대해선 너무나 잘 알았다.

어쨌든 그 흑회의 힘을 화산파를 위해 썼다고 하니 홍화순이 그냥 이쁠 수밖에 없었다.

홍화순은 염호가 자신을 쳐다보는 것도 모르고 눈앞의 은씨 형제를 보며 혀를 찼다.

'이놈들은 정말 구제불능이구나. 만일 화산이 아닌 밖에서 보았다면 버릇을 단단히 고쳐줬을 텐데.'

홍화순은 미간이 잔뜩 찌푸려지도록 인상을 썼다.

그러다 염호와 눈이 딱 마주쳤다.

흠칫!

어딘지 모를 섬뜩함을 본능적으로 느낀 홍화순.

시비를 당한 뿌얀 얼굴의 솜털도 가시지 않은 소년이 갑자기 자신을 보며 이상야릇한 미소를 보내는 것이 아닌가?

그 순간 소년이 손을 들어 정확히 자신을 가리켰다.

"넌 내가 앞으로 이뻐해 주마."

"……."

은씨 형제가 '이 꼬맹이가 누구한테 헛소리야?'라는 표정으로 홍화순을 향해 고개를 돌렸다.

"……!"

오만방자에 무도하기가 하늘을 찌르는 두 형제의 표정이 긴장감으로 물들었다.

왼쪽 눈썹에서 뺨을 타고 턱밑까지 이어진 홍화순의 흉터가 실룩였다.

'일 났군.'

'꿀꺽.'

백소령도 힐끔 홍화순의 표정을 살폈다.

세 사람 모두 홍화순의 표정에서 깊은 빡침을 느꼈다.

홍화순은 이제껏 단 한 번 감정을 격정적으로 드러낸 적도 없고 강력한 무력을 내보인 적도 없었다.

조용한 성격인데다 평소 행실도 차분했다. 자기보다 위든 아래든 늘 겸손해서 무엇이든 양보와 사양이 몸에 배어 있었다.

겉으로 보이는 모습도 호리호리한 체구에 선이 얇고 흰 피부, 준미한 외모를 갖춰 행색 좀 하는 고관대작의 귀공자라고 해도 믿을 정도였다.

하지만 일행 중 누구도 홍화순의 그런 겉모습을 그대로 받아들이지 않았다.

홍화순을 처음 대면했을 때 무인 특유의 감이 본능적으로 경고를 해준 것이다.

조용하고 과묵함 안에 감춰진 야성을.

겸손과 양보라는 가면 뒤에 느껴지는 잔혹함을.

귀공자 외모를 모조리 눌러 버리고도 남을 흉터의 박력을.

그런 홍화순을 향해 처음 보는 소년이 이뻐해 준다는 말을 툭 내뱉곤 해실거리고 있는 것이다.

홍화순의 손등 위로 굵은 힘줄이 돋아나며 편편하던 양 손이 주먹으로 변했다.

　순간,

　퍼퍽!

　"억?"

　"흐윽? 컥!"

　은호청과 은호열이 동시에 숨 막히는 비명을 지르며 균형을 잃고 함께 바닥을 나뒹굴었다.

　"……!"

　사이좋게 양손으로 뒤통수를 싸매 안고 앓는 소리를 내는 둘을 보며 백소령이 눈을 치떴다.

　주먹을 말아 쥐고서 걸음을 뗀 홍화순이 한 발을 든 채로 엉거주춤 멈춰 섰다.

　부지불식간에 뒤통수를 허용당한 두 형제가 분노에 차 소리쳤다.

　어린 염호에게 능욕을 당했다는 사실에 이성의 끈이 끊어진 것이다.

　은호청이 삿대질을 하며 흥분해 소리쳤다.

　"이노옴! 누가 보낸 자객이냐!"

　은호열이 벌떡 일어서서 양 소매를 걷어붙였다.

　"너 이 새끼! 거기 딱 서! 쌍통을 뽀개주마!"

　홍화순과 백소령이 아연해 형제를 쳐다봤다

'어찌 저리 둔할 수가?'

'저 바보들이······!'

아직도 자신들에게 무슨 일이 벌어진 건지 전혀 눈치채지 못하고 있었기 때문이다.

염호가 형제를 보며 실실 웃었다.

형제의 눈에서 불똥이 튄 것은 당연지사.

"어린놈이!"

"웃어? 이 새끼가!"

염호가 금방이라 몸을 날릴 기세인 두 형제를 툭 한마디를 내뱉었다.

"어때? 오랜만에 돌아온 느낌이?"

"······?"

갑자기 무슨 개소리란 말인가?

염호가 한심한 표정으로 혀를 찼다.

"그 정도로 둔한 것도 재주다, 재주. 그냥 팔다리 감각이 없는 채로 살아도 별로 불편하진 않겠어."

"······!"

순간, 형제가 경악해 발작하듯 자신의 상체와 하체를 내려다봤다.

근 백 일이 넘도록 손끝 발끝 하나 움직일 수 없었던 마비 증세가 감쪽같이 풀려 있었다.

"어때? 괜찮지?"

당사자인 형제도, 지켜보는 홍화순과 백소령도 염호의 물음에 답할 수가 없었다.

"사부한테 배웠지."

염호의 말에 넷의 머릿속으로 싸한 불길함이 엄습해 왔다.

"헉?"

"설마…?"

"검신 태사조님의……."

"…제자!"

놀라 입이 딱 벌어진 넷.

그래도 조금 먼저 태어난 첫째 은호청이 사태 파악이 되자 기겁해 손사래를 쳤다.

"자, 잠깐!"

문제는 은호열이었다.

"뭐, 이 꼬맹이가……?"

"닥쳐! 이 멍청……!"

화들짝 놀란 은호청이 은호열의 입을 틀어막으려는 찰나, 염호가 새끼손가락을 세워 장난스럽게 흔들더니 형제를 가리켰다.

풋! 핏!

"윽?"

"헉!"

바람을 가르는 날카로운 소리와 함께 형제가 바람 빠지는 신음을 토하며 또다시 바닥을 나뒹굴었다.

"다, 다리가?"

"파, 팔이?"

또다시 마비된 팔과 다리.

은호열은 그제야 돌아가는 상황을 깨달은 듯 얼굴에 혈색이 싹 가셨다.

근 석 달 만에 돌아온 감각이 마치 꿈이었던 것처럼 다시 사라져 버렸으니 악몽이 아닐 수 없었다.

다만 다른 것이 있다면 그동안 상체가 마비됐던 은호청은 하체가 마비됐고, 은호열은 반대로 하체가 자유로워진 대신 상체가 꿈쩍도 하지 않았다.

마비를 풀어주었으면 그걸로 끝이지, 이것은 대체 무슨 뜻인가?

도대체 왜?

두 형제의 눈이 소년 염호에게 그런 눈으로 물었다.

염호가 친절히 답했다.

"사부한테 배웠지."

형제가 그 말에 맞장구치듯 미친 듯이 고개를 끄덕였다. 마음속으로는 '그게 아니잖아?' 라고 외치고 있었지만 일심동

체가 되어 입도 뻥긋하지 않았다.

이 소년 앞에선 무엇이든 맞장구치고 옳소를 외쳐야 한다.

그것이 말하지 않아도 교감한 형제의 본능이었다.

"난 사부랑은 달라."

"……!"

염호가 턱을 쭉 내밀며 하는 말에 형제의 눈에 희망의 빛이
어렸다.

"사부는 너무 매정하지."

끄덕끄덕.

"사부는 심보가 너무 고약해."

끄덕끄덕.

"사부는 성격이 개차반이야. 그치?"

끄덕끄덕.

홍화순과 백소령은 염호의 말에서 등골이 써늘해지는 불
길함을 감지했다.

"그래서 내가 바꿔줬잖아?"

끄덕… 끄… 덕?

염호가 의아해 동그렇게 뜬 눈을 한 둘을 보며 씨익 웃었
다.

"어때? 상체하체를 바꾸니까 좀 낫지?"

"……!"

"너무 한쪽만 마비돼 있으면 피가 안 도니까 이렇게 한 번씩 바꿔줘야지."

형제의 얼굴이 흙빛으로 변했다.

해맑게 웃는 낯짝을 한 염호의 얼굴이 악귀처럼 공포로 다가왔다.

백소령이 침을 꼴깍 삼켰다.

'태사조의 제자가 확실하다!'

홍화순의 판단은 그녀보다 조금 더 후했다.

'무서운 청출어람.'

뒤늦게 입에 거품을 물고 어버버대는 은씨 형제들을 본척만척하며 염호가 홍화순에게 시선을 돌렸다.

"넌 발은 왜 들고 있어?"

"……!"

홍화순은 그때까지도 앞으로 내디디려던 발이 들린 엉거주춤한 상태 그대로였다.

"주먹도 쥐었네?"

순간 홍화순이 번개 같은 움직임으로 발을 힘차게 내디디며 한쪽 무릎을 꿇었다.

어찌나 세차게 땅바닥에 박는지 무릎뼈가 박살 나지 않았을까 걱정이 들 만큼 소리가 제법 크게 울렸다.

퍽―!

"……?"

불끈 쥐었던 주먹이 하나로 포개지고 홍화순이 염호를 향해 고개를 조아렸다.

"제자 홍화순, 만 번의 죽음도 불사 않는 각오로 태사조님을 보필하겠나이다."

"……!"

백소령과 은씨 형제의 표정에 뭐라 말할 수 없는 배신감이 묻어 나왔다.

하지만 뒤를 잇는 말은 그들로 하여금 치를 떨게 만들었다.

"앞으로도, 어여삐 여겨주소서."

"……."

사람은 오래 살고 볼 일이다.

第七章

"모두, 그간 고생들이 많았다."

장문인 진무는 짧다면 짧고 길면 길다 할 수 있는 여정을 마치고 귀환한 일대제자들의 수고를 치하했다.

하지만 장문인과 대면한 대제자 송자건 이하 사형제는 놀란 얼굴로 멍한 표정을 짓고만 있었다.

하산할 때만 하더라도 몸을 일으키기는커녕 하루 중에 깨어 있는 시간도 손에 꼽을 정도로 병색이 짙던 장문인이 멀쩡히 두 발로 걸어 직접 마중 나왔기 때문이다.

마땅히 기뻐하고 환호할 일이지만 멀쩡해도 너무 멀쩡하

다는 것.

'이게 대체 어찌 된 일이지? 혈색은 아이들처럼 붉게 빛이 나고 눈빛은 강렬하여 마치 번개를 머금은 하늘을 보는 같지 않은가!'

'장문인의 목소리에 실린 힘이 마치 우리가 어렸을 적에 뵀던 과거로 돌아간 것 같다! 드문드문 보이는 검은 머리카락은 전에 보지 못했던 것인데…….'

일대제자들은 어안이 벙벙하여 서로 놀란 시선을 주고받았다.

돌아왔음을 아뢰는 것도 장로들이 먼저일 줄 알았다. 그 뒤 장문인의 병세를 보아가며 대제자 송자건만이 대표로 문안을 하려던 참이었다.

그런데 대장로를 비롯한 그 많은 장로는 단 한 명도 보이지 않고 병석에 누워 있어야 할 장문인이 홀로 나타나 이런 놀라운 모습을 보이다니?

"장문인, 혈색이 좋아 보이십니다. 병세도 보이시지 않고. 대체 어찌 된 일인지?"

송자건이 꾸밈없이 묻는 말에 진무가 빙그레 웃었다.

"너희에게 감출 것이 뭐가 있겠느냐? 얼마 전에 임독양맥을 뚫었다."

"……!"

"……?"

반응은 두 가지로 엇갈렸다.

놀라 눈을 치켜뜬 무리와, 무슨 뚱딴지같은 소리냐는 얼굴을 한 무리로.

하지만 이내 말을 한 당사자가 장문인 진무임을 자각하자 하나같이 아연실색한 표정을 감추지 못했다.

임독양맥이라니?

지금 그 임독양맥을 말하는 것인가?

게다가 이건 마치 무슨 조금 전 끼니를 때웠다는 투로 별것 아니라는 듯 하는 말이라니.

"그, 그게 진정 사, 사실이옵…?"

"사실이다."

곧바로 진무의 대답이 이어졌지만 충성스러운 송자건 등의 일대제자들의 표정에는 믿지 못하겠다는 빛이 역력했다.

아무리 존경하는 장문인이라지만 밑도 끝도 없이 임독양맥을 뚫었다는 말을 어찌 믿을 수 있단 말인가?

게다가 장문인은 갈수록 기력이 쇠잔해져 병세가 악화일로를 걷고 있었다.

개중에 그나마 성정이 차분한 반운산이 믿음과 불신 사이의 혼란에서 벗어날 말을 꺼냈다.

"장, 장로들께서는 어디 계시온지요?"

"지금 다들 임독양맥을 뚫고서 두 배로 불어난 내공을 갈무리하는 중이다."

"······!"

모두의 입이 턱이 빠질 정도로 벌어졌다.

"이 모두가 다 태사조님의 진전을 이은 그분의 은혜가 크구나."

진무의 말은 그들이 화산파 본산 안으로 들어와 가장 먼저 접하게 된 소식이 사실이라는 것을 확인시켜 줬다.

태사조의 제자가 나타났다는 것.

검신 태사조의 숭고한 희생과 장렬한 산화를 슬픔으로 끌어안고 온 그들은 동시에 강한 거부감이 고개를 드는 것을 느꼈다.

"역시, 태사조께선 남기신 후예도 실로 범상치 않은 분이시다."

'믿을 수 없다!'

"그분께서 손수 나와 장로들의 임독양맥을 본 파의 상승 내공심법으로 뚫으셨다."

'있을 수 없는 일이다!'

"그렇잖아도 태사조께서 너희의 소식을 듣고 말씀하시더구나. 근 일 내에······."

'거룩하신 태사조를 더럽히는······.'

"너희도 임독양맥을 다 뚫자고 말씀하시더구나."

"……."

"인생은 한 방이라고 하시더라."

진무의 마지막 말을 듣는 순간, 불굴의 의지를 다지던 일대 제자들의 머릿속은 무념무상의 깨끗한 상태로 정화됐다.

                    *   *   *

중원으로부터 서쪽으로 수천 리를 끝없이 가야 도달할 수 있는 곳.

열사의 모래바람과 녹지 않는 빙하 위로 쌓인 천년설이 공존하는 곳.

수천 년 동안 온갖 전설과 신비로운 이야기의 모태가 된 곳, 천산(天山).

무수히 크고 높은 봉우리가 가득한 천산 중에서도 사람의 발길이 닿지 않을 곳에 위치한 계곡으로 일단의 무리가 나타났다.

보통의 칼보다 손잡이가 두 배는 길쭉하고 커다란 칼날을 등으로 가로질러 맨 도객들.

검은 피풍(皮風:바람막이)으로 몸을 감싼 그들 백팔 명과 구별되는 사람은 머리에 천을 둘둘 말아 쓰고 손에 지팡이를 든 목동 차림의 피부가 갈색인 이국 청년뿐이었다.

가장 앞장서서 길을 안내하던 이국 청년이 발길을 멈추고 뭐라 뭐라 떠들었다.

백팔 명의 도객 중 애꾸눈을 한 남자가 무리 중 가장 선두에 서 있는 사내 옆으로 다가왔다.

얼굴에 열십자 흉터가 섬뜩하게 그려진 사내를 향해 애꾸눈 사내가 말했다.

"안내를 약속한 곳은 여기까지라 하는데요?"

그 말에 흉터의 남자뿐만 아니라 일행 모두가 머리를 눌러쓴 피풍과 얼굴 가리개를 내리고 주변을 돌아봤다.

"이곳일 가능성이 크다고?"

애꾸눈이 이국 청년에게 뭐라고 말했다.

한참 이래저래 말이 오가더니 이내 애꾸눈이 흉터 남자에게 전달했다.

"틀림없다고 합니다. 원래 이곳 사람들도 여기까지 오는 경우는 아예 없다고 하는데, 이자의 할아버지 때부터 이곳의 지명이 불길하다 하여 입에 담는 것만으로도 액땜하기·위해 침을 뱉을 정도랍니다."

무림인도 아닌 보통의 사람들이 떠들어대는 소문에 신경 쓸 그들이 아니었다.

다소 우습기는 해도 얼마나 불길한가 싶어 묻지 않을 수 없었다.

"이곳 지명이 무엇이기에?"

애꾸눈의 사내가 그 물음에 잠시 미간을 찌푸렸다.

토착민들이 가리키는 이곳 지명을 모국어로 어떻게 바꿔야 하는지 고민이 되는 모양이었다.

하지만 그것도 잠깐일 뿐, 이내 대답했다.

"똑같지는 않지만 '악마가 잠들어 있는 계곡' 이란 뜻이 가장 비슷한 뜻인 것 같습니다. 유마곡(幽魔谷)이 되겠죠."

"유마곡……."

흉터의 남자는 그 말을 곱씹으며 확실히 듣기 좋은 말은 아니라고 느꼈다.

"이 녀석도 직접 본 적은 없지만 할아버지의 할아버지 때부터 이곳에 신비스러운 큰 성채가 있다는 전설이 내려왔다고 합니다."

흉터의 사내가 애꾸눈의 '큰 성채' 라는 말에 눈을 번뜩였다.

"다만, 악마가 사는 불길한 땅이라 사람들이 오기를 꺼려하는데 요즘 이 녀석처럼 젊은 놈들은 우스갯소리로 치부하는 모양입니다."

"그 성채까지 안내해 주면 말 한 필과 염소 다섯 마리를 더 주겠다고 해라."

애꾸눈이 바로 이국 청년에게 그 말을 전했다.

하지만 그 말이 채 끝나기도 전에 이국 청년이 단호한 표정으로 손사래를 쳤다.

"양 백 마리를 더 주겠다고 해라."

"……!"

놀란 건 애꾸눈이었다.

물론 그들에게 양 백 마리쯤은 아무런 문제가 되지 않았다. 하지만 목동 청년에게 양 백 마리는 결코 거부할 수 없는 거대한 유혹일 것이 당연했다.

애꾸가 이국 청년에게 다시 말했다.

이국 청년은 잠시 흔들리는 표정을 짓더니 한숨을 내쉬며 고개를 흔들었다.

굳이 애꾸눈의 통역을 듣지 않아도 거절의 의미라는 건 알 수 있었다.

"우리의 짐을 실어 끌고 온 노새 전부와, 타고 온 말의 절반을 주겠다고 해라."

"대장?"

애꾸눈뿐만 아니라 다른 이들까지 놀라 흉터의 사내를 쳐다봤다.

그 정도면 이국 청년의 삶이 통째로 바뀔 것이다. 어쩌면 부족 안에서 아예 신분이 바뀔지도 모르는 일이다.

하지만 애꾸눈의 생각은 회의적이었다.

처음의 제안을 거절한 건 소문을 믿지 않는다는·녀석의 말과 달리 이곳에 대한 두려움이 백 마리의 양보다 앞선다는 뜻일 테니까.

"전하라."

흉터 사내의 명령이 다시 이어지자 애꾸눈이 내심 고개를 저으며 이국 청년에게 말했다.

순간 이국 청년이 조금의 고민도 없이 바로 고개를 끄덕이는 것이 아닌가?

게다가 짙은 갈색 피부와 대조되는 새하얗게 드러내는 이까지.

흉터의 사내는 제안을 수락한 것에만 관심이 있는지 별로 신경 쓰지 않는 눈치였다.

"홍정을 잘하는구나. 너보다 낫다."

애꾸눈은 당했다는 걸 알면서도 말문이 막혀 아무런 대꾸도 하지 못했다.

뒤에 있던 일행들이 낄낄거렸다.

"조효, 저놈은 똑똑한 척은 혼자 다 하더니?"

"독안무정(獨眼無情)이란 별호가 아깝다!"

"명색이 백팔귀도(百八鬼刀)의 서열 이 위가 스물도 안 된 애송이한테 휘둘리는 꼴이라니!"

"좋은 구경했다."

이들의 정체는 바로 남도련 하면 빠지지 않는 명실공히 최강의 무력부대인 백팔귀도였다.

군사 사마군이 인재를 골라 뽑고, 야도가 직접 가르친 도객들.

물론 사마군이 틈만 나면 쉴 새 없이 야도를 닦달한 결과였다.

게다가 큰 그림을 그리며 욕심을 키워 나가던 차라 남도련의 명숙들에게까지 부탁하여 그들에게 아낌없는 공부를 베풀었다.

결국 그 때문에 야도가 말도 없이 홀연히 사라진 결정적 계기가 되었지만.

물론 그들보다 한 수 위라는 천룡십이숙(天龍十二宿)도 있지만, 그들은 남도련에 충성하는 것이 아니라 오직 야도를 따르는 무리였다.

애초부터 남도련의 사람이라 말하기도 애매했고, 말은 그렇게 불려도 각자 따로따로 노는 부류였다.

수라십팔도객도 명성은 높지만 사실상 칠절패도 여양종의 제자, 혹은 사병에 가까웠다.

그러니 사마군이 믿는 건 오직 백팔귀도뿐이었다.

"성이다!"

"대장!"

최초 발견자의 외침과 함께 일행이 저마다 기쁨의 빛을 드러냈다.

이국 청년이 제안을 수락한 후 다시 험준한 계곡을 오르고 빙빙 돌기를 거듭해 함지박처럼 움푹 들어간 지형이 나타난 너른 분지.

흉터의 사내가 전방을 보며 눈빛을 반짝였다.

틀림없이 너른 분지에 보이는 것은 거대한 위용 자랑하는 성채였다.

비록 태반이 무너지거나 파괴되고, 검게 그을린 흔적들만이 가득한 폐허지만 그것만으로도 어마어마한 규모였다.

"만마성(萬魔城)……."

흉터의 사내, 백팔귀도의 수장인 폭렬금강(爆裂金剛) 위표가 짙은 감회에 사로잡혔다.

'반드시 찾아야 한다! 너를 믿고 백팔귀도를 믿는다. 실낱 같은 희망이지만 마교의 유산을 얻을 수 있다면 북검회뿐만 아니라 독불장군인 용천장도 누를 수 있다.'

위표의 머릿속으로 떠나는 마지막까지 두 손을 붙잡고 절절히 부탁하던 군사 사마군의 모습이 스쳐지나갔다.

십만대산을 이 잡듯이 뒤지다 실패한 뒤 일 년에 가까운 긴 여정 끝에 도달한 이역만리의 천산 땅에서 마침내 역사 속으로 사라진 마교의 흔적을 발견한 것이다.

"가자!"

마음이 들뜬 위표가 바로 땅을 박차 훌쩍 날아올랐다.

이심전심인 듯 그의 부하들도 경쟁하듯 있는 힘껏 몸을 날렸다.

그들을 안내한 이국 청년이 슬쩍 한 걸음 뒤로 뺐다.

하지만 그런 청년의 뒷덜미를 우악스러운 손길이 잡아챘다.

"어림없다, 이놈!"

"……!"

백팔귀도의 서열 이 위 조효였다.

뒷덜미를 잡아채 이국 청년을 공깃돌처럼 번쩍 든 조효가 누런 이를 씨익 드러냈다.

"수지맞는 장사를 했으면 끝까지 성의를 보여야지? 그치?"

"여기 지하로 내려가는 계단이 있습니다!"

폐허를 둘러본 지 불과 몇 분이 채 흐르기도 전에 누군가 소리쳤다.

워낙 넓어 사방으로 흩어졌던 백팔귀도가 고함이 들려온 곳으로 삽시간에 모여들었다.

"…뭐가 이렇게 커?"

일행 중 누군가 하는 말에 다들 공감한 표정으로 고개를 끄덕였다.

수장인 위표를 제외하곤 모두가 떨떠름한 표정들이었다.

시커먼 아가리를 벌리고 있는 입구는 어둠 속에 잠긴 계단만 아니라면 흡사 지옥의 무저갱 같은 기분 나쁜 느낌을 풍겼다.

게다가 무슨 지하로 들어가는 입구가 중원 큰 성도의 성문보다도 더 크단 말인가.

너비만 보자면 마차 정도가 아니라 대규모 군세가 드나들고도 남을 크기였다.

그때, 이국 청년이 새하얗게 질린 표정으로 미친 듯이 떠들어댔다.

어찌나 시끄럽게 떠들어대는지 위표마저 눈살을 찌푸리며 고개를 돌려 바라볼 정도였다.

애꾸눈의 사내가 이국 청년의 뒤통수를 가볍게 후려치며 어깨를 으쓱했다.

"뭐, 두서없이 떠드는 건데, 대충 악마가 잠들어 있는 곳이니 자기는 절대 들어갈 수 없답니다."

위표가 두려움에 질려 벌벌 떠는 이국 청년을 힐끔 보더니 말했다.

"앞장세워라. 반항하면 이 자리에서 목을 칠 것이라 말해줘."

"예."

고개를 끄덕인 애꾸가 청년을 향해 칼을 빼 들었다.

스르르릉.

"……!"

흠칫해하는 이국 청년을 향해 애꾸눈이 칼을 들어 자기 목을 긋는 시늉을 했다.

그러자 금방이라도 울 것 같은 얼굴을 한 청년이 주춤주춤하며 계단으로 향했다.

위표의 눈길을 받은 애꾸눈이 어깨를 으쓱 했다.

"노련한 통역사는 짧고 간단하게 핵심을 전하는 법이지요."

다들 어둠이 장애가 되지 않는 능력을 가졌지만 워낙 칠흑같은 어둠이라 백팔귀도는 임시방편으로 굴러다니는 나무막대에 피풍을 찢어 둘둘 말아 횃불을 만들었다.

계단은 대단히 넓어 굳이 일렬로 줄지어 늘어서지 않고 어깨를 나란히 하고 대충 내려와도 될 정도였다.

모두의 예감처럼 계단은 오래도록 계속됐다.

불과 일각이 채 흐르기도 전에 입구의 빛이 완전히 사라지자 경험 많고 노련한 위표 등은 계단이 곧은 형태가 아님을 눈치챘다.

일직선으로 향하는 계단이라면 그렇게 빨리 입구의 빛이 시야에서 사라질 수가 없기 때문이었다.

어둠에 장애를 받지 않는 시야를 가졌지만 백팔귀도 모두는 내공을 끌어 올려 눈에 집중해도 그리 멀리까지 볼 수가 없었다.

지하 공간은 정말 칠흑처럼 어두웠던 것이다.

더욱 이상한 것은 횃불의 불빛이 겨우 한두 발짝 앞 이상은 비치지 못한다는 것이다.

원래라면 어둠 속에서 더욱 밝게 빛나야 하는 것이 일반적인데 마치 보이지 않는 무언가가 가로막는 듯 불빛이 퍼져 나가질 않았다.

기세 좋게 타오르던 횃불의 크기가 조금씩 줄어들어 마치 기가 죽어 고개를 숙이는 듯했고, 그 빛은 산중의 폐가에서 뿜어져 나오는 뿌연 빛처럼 불길하기만 했다.

"바닥입니다."

조효가 서너 걸음 앞으로 나아가 좌에서 우로 부채꼴 모양으로 바닥을 밟아갔다.

위표가 횃불을 들어 앞으로 내밀었다.

하지만 보이는 것은 불빛과 어둠뿐이었다.

"거리를 벌린다. 시야가 확보되는 이 보 간격을 유지하고 조심하도록."

위표의 명에 백팔귀도가 일사불란한 움직임으로 익숙하게 원을 그려 서로 어깨를 맞대더니 각자 전방을 향해 이 보 전진했다.

"아무것도 없습니다!"

"여기도 마찬가지입니다!"

위표가 미간을 모으며 좀 더 넓게 퍼진 횃불 아래 공간들을 쓸어봤다.

거대한 위용의 지하 입구를 그토록 깊숙이 내려왔건만, 지하 공간에는 구조물은커녕 작은 장애물조차 보이지 않았다.

보이는 그대로 거대한 지하 광장인 것 같았다.

그때였다.

"헉?"

횃불을 들고 좌우로 흔들며 일 보씩 전진하던 풍번이 화들짝 놀라 비명을 내질렀다.

텅.

들고 있던 횃불이 바닥에 떨어지자 모든 이의 시선이 집중됐다.

"뭐야? 왜?"

"무슨 일이야!"

좌우에 있던 동료가 등에 맨 칼의 손잡이를 바로 움켜잡으며 풍번에게 다가왔다.

"저, 저것……."

"응?"

"뭐가?"

풍번이 가리키는 손짓에 앞을 바라본 둘이 각자의 횃불을 들고 앞으로 쭉 내밀었다.

순간 횃불에 비친 뭔가를 발견한 둘이 동시에 움찔했다.

하지만 풍번처럼 비명을 내지르거나 하진 않았다.

이내 둘이 바닥에 주저앉은 풍번을 바라보며 혀를 찼다.

"이걸 보고 그런 거냐?"

"에그, 싸움은 그렇게 무식하게 하는 자식이 겁은 많아서."

어이없다는 듯 실소를 흘렸지만 별일이 아니라는 것을 알자 다소 느슨해지는 모두의 표정이 그 잠깐의 순간에 얼마나 긴장했는지를 느끼게 했다.

"무슨 일이냐?"

원진의 중앙에 서 있던 위표가 물어왔다.

"여기 석상이 하나 있습니다."

"석상?"

아무것도 없는 광장에 석상이 발견됐다기에 위표는 바로 풍번 등이 있는 곳으로 걸어왔다.

반대편에 있던 조효 또한 위표의 옆으로 따라붙었다.

둘은 양쪽에서 횃불로 비춰주는 불꽃 아래로 드러난 석상과 마주했다.

"퉤! 정말 기분 나쁘게 생겼군요."

조효가 보자마자 침을 뱉으며 인상을 썼다.

두 발로 서 있는 형태인 석상은 인간의 형태를 띠고 있되 인간이 아니었다.

누가 보더라도 가장 먼저 눈에 들어오는 건 아마도 등 뒤의 날개일 것이다.

하지만 보통의 깃털 달린 아름다운 날개가 아니라 보기만 해도 음습하고 기분 나쁜 박쥐 날개 모양이었다.

얼굴의 반 이상을 차지한 건 벌린 입을 뚫고 나온 날카로운 송곳니고, 머리 위에는 양쪽으로 뿔이 나 있는데 딱 소뿔 모양이다.

손과 발의 모양도 사람의 것과는 거리가 멀었다. 다리는 염소와 같고 팔은 영락없는 늑대의 발이니까.

게다가 꼬리까지.

일행 중 누구도 이와 같은 형태를 본 적도 들은 적도 없었다.

"이게 뭘까요?"

"낸들 아나?"

네 살 아래인 동료 포대홍의 물음에 조효가 고개를 흔들었다.

그는 위표에게 물음을 던졌다.

"대장은 이런 걸 본 적 있습니까?"

"이런 건 처음 본다."

그저 석상에 불과할 뿐인데도 이상스럽게도 뭔가 끈적끈적하고 기분을 나쁘게 하는 묘한 분위기를 풍겼다.

"미친놈들. 뭐 이따위 것들을 만들어놨어?"

"괜히 마고겠냐."

하나같이 그 말에 공감한다는 듯 고개를 끄덕거렸다.

횃불로 석상의 밑단을 비추던 이가 뭔가를 발견했다.

"어? 여기 글자가 있는데?"

위표와 조효가 바로 석상 아래의 비석 위에 음각된 글자로 시선을 옮겼다.

하지만 이내 둘 다 얼굴만 찡그리고 말았다. 꼬불꼬불한 선에 간혹 점만 찍힌 생전 처음 보는 글자였기 때문이다.

조효가 역관을 지낸 상인 집안 출신이라 몇 가지 방언과 이국 말을 알고 있었지만 그도 처음 보는 글자였다.

그때, 가장 먼저 놀라 엉덩방아를 찧었던 풍번이 어느새 고개를 쑥 내밀어 비석을 보면서 중얼거렸다.

"심연의 종부로서 빛에 복수하리니."

"……!"

순간, 위표를 비롯한 모두가 놀라 풍번을 바라봤다.

"악의 원천이시며 고통의 창조자시여.

격노와 복수, 죽음의 권능으로

광휘의 선을 굴복케 하소서."

백팔귀도는 풍번이 읽어 내리는 글귀의 내용보다 풍번을 더 신기하다는 듯 쳐다봤다.

그가 천지인도 모르는 까막눈임을 모르는 이는 없었다.

그런데 자신들도 처음 보는 글자를 줄줄 읽는다?

하지만 장난이라고 하기에는 풍번의 표정이 너무 진지하고 또 이상했다.

"풍번, 너……?"

조효가 풍번의 어깨를 잡아채려는 걸 위표가 조용히 제지하며 고개를 가로저었다.

풍번은 동료들의 반응을 아는지 모르는지 글귀를 숨도 쉬지 않고 읽어 내렸다.

"열사의 사막에 눈을 내리시고.

얼음의 대륙에 불의 비가 내릴 때.

추방당한 왕께서 피의 강에서 다시 일어나시리라."

비문을 다 읽은 것인지 풍번이 숙였던 허리를 폈다.

"……."

풍번을 놀란 눈으로 바라보는 이들과 달리 위표는 풍번이 말하는 내용에 집중했다.

특히나 마지막 구절 중에 '피의 강에서 다시 일어나리라' 라는 말에서 뭔지 모를 섬뜩함을 느꼈다.

"헉! 저 녀석이 눈이 왜 저래?"

풍번을 쳐다본 포대홍이 화들짝 놀라 소리쳤다. 동시에 다른 이들도 풍번의 눈을 확인하고는 소름이 쭉 끼쳐 오른 표정을 지었다.

풍번의 눈이 검은 동공은 아예 보이지 않고 허연 눈자위만을 까뒤집은 모습을 하고 서 있었기 때문이다.

그때, 풍번이 두 팔을 벌리며 말했다.

"내 권능이 네 앞을 막지 않는 한 불멸하리라."

"……."

"……."

풍번을 응시하는 백팔귀도의 표정이 경직됐다.

분위기가 순식간에 급전직하해 질식할 것 같은 침묵이 엄습해 왔다.

백팔귀도 하나하나가 일당천의 고수 중의 고수요, 백수의 제왕인 호랑이를 만나도 눈 하나 깜짝하지 않을 간담을 가진 철혈의 무인이다.

하지만 오랜 세월을 동고동락한 풍번을 바라보는 그들의
눈동자에 스며든 체취는 '긴장'이었다.

밀폐된 지하 낯선 어둠의 공간에서 맞닥뜨린 상황이 조금
씩 그들을 두려움의 경계로 이끌고 있었다.

풍번은 초점 없는 하얀 눈을 하고 입을 벌린 채 멍하니 서
있기만 했다.

너무 움직임이 없어서 마치 숨이 끊어진 것이 아닐까 하는
착각마저 들었다.

<u>흐흐흐흐흐</u>.

"……!"

느닷없이 들려온 웃음소리가 숨 막히는 정적을 깨뜨렸다.

너 나 할 것 없이 반사적으로 칼의 손잡이를 움켜잡으며 횃
불을 사방으로 휘젓고 주변을 쓸어봤다.

찰나의 순간이었지만 갑자기 들려온 웃음소리에 하나같이
모골이 송연해졌다.

<u>흐흐흐흐흐</u>.

두 번째 웃음소리가 울려 퍼졌을 때 풍번을 제외한 모든 백팔귀도가 동시에 한 지점을 향해 칼을 겨눴다.

그들을 이곳까지 안내한 이국 청년이었다.

고개를 숙이고 있는 이국 청년의 어깨가 들썩였다.

흐흐흐흐흐.

조효가 칼을 겨눈 채 힐끔 위쪽을 살폈다. 위표는 뒤를 돌아봤다.

분명 웃음소리의 주인공은 이국 청년이었다.

그런데 웃음소리를 들은 이들이 쳐다보는 방향은 저마다 제각각이었다.

마치 어둠 속 곳곳에서 여러 명이 저마다 소리를 내는 것 같았다.

고개를 숙이고 있던 이국 청년이 머리를 들었다.

그는 웃고 있었다.

어둠 속에서 새하얀 이를 드러내며 웃고 있는 모습은 백팔귀도들로 하여금 머리털이 쭈뼛 서게 만들었다.

제자리에서 천천히 원을 그리며 백팔귀도를 한 명 한 명 쓸어가던 이국 청년이 위표의 얼굴에서 멈춰 섰다.

그리고 말했다.

"위표."

"……!"

위표가 눈을 부릅떴다.

"위대한 분께서 오신다."

이국 청년은 한어를 모른다고 하지 않았던가? 하지만 중요한 건 그게 아니었다.

위표의 눈매가 날카롭게 변했다.

"내 이름을 어떻게 알았지?"

순간 위표를 향해 웃음 짓고 있던 이국 청년의 얼굴에 금이 갔다.

쩌저적.

"……!"

위표 등의 눈에 불신의 빛이 어렸다.

거미줄처럼 금이 가는 모습이라니.

사람에게서 일어날 수 없는 일이 눈앞에서 벌어지고 있었다.

쩌적! 쩌저저적!

얼굴에서부터 시작된 균열이 이국 청년의 전신으로 파동처럼 번져 나갔다.

드러난 맨살뿐만 아니라 나풀거려야 할 옷소매까지 딱딱하게 경화된 것처럼 굳어져 금이 갔다.

쩌저저저적! 쩡!

까— 앙!

"헉?"

"저, 저게 뭐야?"

"말도 안 되는……!"

비명에 가까운 경악성이 터져 나왔다.

전신으로 퍼져 나간 균열의 흔적은 이국 청년의 몸을 도자기처럼 깨뜨리며 산산조각 나 흩어졌다.

"비, 비었잖아?"

"피, 피도, 내장도 없어?"

말 그대로였다.

이국 청년은 마치 원래부터 사람이 아니었던 듯 균열이 가 깨진 겉만 있고 쏟아져 나왔어야 할 피는커녕 내장이나 뼈가 일체 없었다.

그저 속이 빈 겉모양의 항아리가 깨진 것 같았다.

두리번거리던 조효가 자신의 입에서 나오는 허연 입김을 보며 움찔했다.

동시에 위표는 코끝을 강렬히 파고드는 냄새에 의문을 느꼈다.

'뭔가 타는 냄새……'

그러다 위표는 정확히 그것이 어떤 종류의 냄새인지 깨달왔다.

'유황!'

순간, 위표가 손에 쥐고 있던 횃불이 '픽' 소리를 내며 갑자기 꺼져 버렸다.

픽! 픽! 픽! 픽! 픽!

뒤를 이어 순차적으로 빠르게 백팔귀도들이 들고 있던 횃불이 꺼져갔다.

퍼퍼퍼퍼퍼퍼퍼픽!

소리를 지르고, 손을 써볼 틈도 없었다. 흡사 그들이 좇는 시선을 피해 도망치는 것처럼 횃불은 빠르게 꺼져가 마지막 불꽃이 사라졌다.

픽!

어둠 속에서 위표가 벼락같은 호통을 내질렀다.

"움직이지 마라!"

위표는 칼을 든 자신의 손도 보이지 않는 어둠 속에서 자신의 명을 잘 따라준 부하들을 향해 다시 한 번 말했다.

"명령을 바꾼다. 누구든 기척이 느껴지면 가차 없이 베라!"

위표는 당혹과 혼란이 혼재된 상황 속에서도 안도의 한숨을 흘렸다.

다행히 오랜 세월을 함께해 와 부하들이 명을 잘 따라주고 있어서였다.

그때였다.

츄— 아— 악!

화르르르르르르르르!

꺼져 버린 횃불이 갑자기 불꽃을 되살리며 시뻘건 불길이
석 자 가까이 폭주해 타올랐다.

"......!"

삽시간에 방원 십장너머까지 환하게 들어오는 시야.

위표의 눈이 찢어질 듯 커졌다.

자신을 제외한 그 누구도 없었기 때문이다.

픽—!

언제 그랬냐는 듯 횃불이 다시 꺼졌다.

위표가 손에 든 홰를 떨어뜨리며 뒷걸음질 쳤다.

그리고.

끄으아아아악—!

소름끼치는 고통에 온몸을 비틀어 짜는 것 같은 비명이 어
둠 속에서 터져 나왔다.

위표의 비명이었다.

第八章

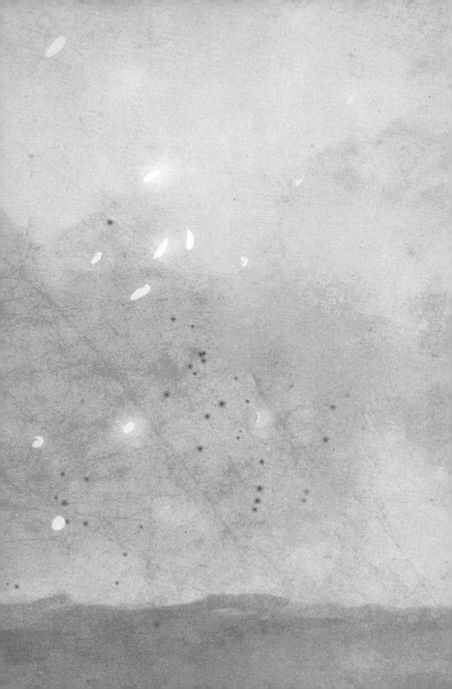

"못 가!"

　"가시랍니다."

　"안 가! 못 가!"

　"하아~"

　땅이 꺼져라 한숨을 터뜨리는 주인공은 이대제자의 맏이인 조세걸이었다.

　그리고 이제 솜털이 막 가시기 시작한 조세걸과 실랑이 아닌 실랑이로 대치 중인 상대.

　가슴까지 내려오는 검은 수염과 깊숙한 눈빛에서 느껴지

는 지혜로움, 선비를 연상시키는 품격 있는 옷차림.

'진짜 천하십강 중 한 명이라는 금강영왕 맞아? 용천장의 이인자라는 사람이 뭐가 이래?'

상대는 용천장의 총관 서귀였다.

조세걸은 기가 막혀 서귀를 쳐다봤다.

반대로 서귀의 입장에선 무림의 서열을 따져도 한참이나 어려 발끝에도 미치지 못하는 상대가 조세걸이다.

그런데 마치 질 수 없다는 양 조세걸을 향해 눈알이 빠져라 힘을 주며 눈싸움을 걸어오는 서귀.

표정만 보면 일생일대의 원수를 만난 것처럼 한판 뜰 분위기다.

'도대체가……'

조세걸의 심정은 그냥 황당함 그 자체였다.

화산파에 손님으로 방문한 용천장의 장주 연산홍과 총관 서귀.

천하제일세를 이끄는 규중화와 천하십강의 반열에 오른 고수 금강영왕의 방문이니 귀빈임은 틀림없다.

그들의 신분이 알음알음 퍼지면서 화산파 제자 중에 놀라지 않은 사람 없고 호기심과 궁금증을 품지 않은 사람이 없었으니까.

실제로 규중화라고 소문이 자자한 연산홍의 아름다운 외

모는 조세걸도 처음 봤을 때 넋이 나갈 정도였다.

서귀는 또 어떤가.

자그마치 천하십강의 한 명이다. 게다가 용천장의 총관이란 신분까지 더한 천하제일가문의 이인자.

명성과 배경, 그간의 행적과 이룩한 업적까지 어느 것 하나 모자람이 없는 무림의 존경할 만한 대선배다.

그래서 며칠 동안 경내를 오가며 마주칠 때면 화산파의 젊은 제자들은 서귀에게 존중과 우러름으로 예의를 차렸다.

대부분의 화산파 제자는 그들이 왜 화산파에 방문했는지 알지 못했다.

딱히 분위기가 나빠 보이지도 않고, 규중화는 처음 이후로 밖으로 모습을 드러낸 적이 없지만 서귀는 이곳저곳을 종일토록 산보만 했다.

그래서 대부분의 제자는 용천장과 화친 비슷한 친교의 인연을 맺으려나 보다 정도로 생각하고 있었다.

그러다 장로전으로부터 조세걸에게 명이 떨어졌다.

'서 총관에게 그만 용천장으로 돌아가시라고 해라. 네가 산문 밖까지 공손히 배웅해 드리고.'

조세걸은 처음에는 대장로 손괴의 말에 아무 생각 없이 고개를 조아리며 물러나왔다.

그런데 서귀가 머무는 곳으로 향하면서 뭔가 이상하다는

걸 감지했다.

손님으로 방문을 할 때는 주인의 허락을 구하지만 떠날 때
의 시기를 결정하는 건 주인이 아닌 객이다.

그런데 주인 된 입장의 화산파에서 서귀에게 먼저 돌아가
라고 권하니 모양새가 이상했다.

마치 문전박대의 축객령 같지 않은가.

'이건 아닌데', '예법에 어긋나는데' 라는 생각이 들었지만
대장로의 명이기에 조세걸은 충실히 이를 따랐다.

그런데 말을 전해 들은 서귀의 반응은 조세걸을 황당하게
만들었다.

"절대 못 간다."

밑도 끝도 없이 그냥 못 가겠다는 말만 내뱉었다.

다소 결례인 점이 없지 않아 있지만 그래도 주인 된 쪽에서
그만 돌아가 달라 정중히 청한 바다.

그럼 상식적으로 '그간 잘 지냈다', '그동안 고마웠다' 등
등의 인사말과 함께 문 밖을 나서야 하는 것이다.

조세걸은 너무 황당해 처음에는 입을 벌린 채 어찌할 바를
몰랐다.

그렇다고 서귀에게 대놓고 '가주십시오' 라고 말할 수는
없는 노릇 아닌가?

게다가 그는 무림의 대 선배이자 명숙이다.

이상하고 황당한 노릇이긴 하지만 무슨 이유가 있겠지 싶어 조세걸은 물러나와 다시 장로전으로 달려가 서귀의 뜻을 전했다.

"다시 가서 전하고 오너라."

"예?"

"그만 가시라고 하거라."

조세걸은 이때부터 확실히 감지했다. 돌아가는 상황이 이상하다는 것을.

별수 있겠는가.

조세걸은 다시 서귀를 찾아갔다. 그러면서 아무리 대장로의 명이라지만 그 명을 좇아 말을 전해야 하는 상황에 얼굴이 뜨거워졌다.

하지만 조세걸은 서귀를 찾아가 입도 떼지 못했다.

"몸이 아파서 몸을 움직이기가 어렵구만. 며칠 머물러야겠네."

"……."

불과 차 한 잔 마실 시간 전까지도 멀쩡했던 서귀가 침상에 누워 이불까지 뒤집어쓰고 하는 말에 조세걸은 할 말을 잃었다.

이때까지만 해도 조세걸은 상황이 어떻든 예법에 어긋남이 없는 행동을 고수했다.

"어허? 내가 보내라고 하지 않았더냐? 오늘 안으로 돌아가시라고 하여라."

"예, 대장로."

조세걸은 죽을 맛이었다.

새벽에 일어났을 때만 해도 변함없는 상쾌하고 힘찬 하루의 시작이었다.

그런데 아침부터 시작해 장로전과 서귀의 처소를 왔다리 갔다리 하는 동안 어느새 해는 하늘의 가운데 있다가 서쪽으로 넘어가고 있었다.

이쯤 되자 조세걸도 마음을 독하게 먹었다.

"오늘 꼭 가셔야 합니다."

"이보게, 내가 사정이 여의치가 않아서……."

조세걸이 눈을 질끈 감는 심정으로 말했다.

"그럼 제가 산 밑의 가까운 화음현까지 업어다 드리겠습니다."

말을 하는 조세걸도 부끄러움과 민망함으로 쥐구멍에 들어가고 싶은 심정이었다.

하지만 이렇게까지 나오는 반응에 서귀 정도의 신분과 무림의 위치를 가진 자라면 조세걸보다 더 얼굴이 뜨거워질 상황이다.

그렇게 생각했다. 그게 상식이니까.

"싫다!"

"……?"

"내 눈에 흙이 들어가기 전에는 어림없다!"

서귀의 대답은 조세걸을 아연실색하게 만들었다.

'아니, 이 양반이 대체 왜 이러나? 집에 돌아가라는데 눈에 흙이 들어간다는 말이 여기서 왜 나온단 말인가?'

물론 몸이 아파 하산을 며칠 미루겠다는 걸 극구 오늘 안으로 떠나라 강권하는 웃전 장로의 태도도 이해가 안 가기는 마찬가지였다.

하지만 어쨌든 집주인은 이쪽이 아닌가.

주인이 그만큼 권하고 이렇게까지 얘기를 하면 객이 염치를 알고 떠나야 하는 것이다.

상황이 조금 이상야릇하기는 하지만 정의와 명분은 이쪽에 있었다.

"조 사백, 무슨 일 있으십니까?"

"대사형? 뭐가 그렇게 바쁘시오?"

"아침, 점심도 거르셨던데? 어디 아프세요?"

조세걸은 장로전과 서귀의 처소를 발바닥이 불이 나도록 오가니 양소호와 사형제들이 한마디씩 했지만 대꾸할 기분도 아니었다.

그렇게 반나절이 넘어가자 조세걸의 모습은 화산파 제자

들의 이목을 집중시켰다.

눈치가 빠르고 호기심 많은 일부가 전후 사정을 캐내 까발리니 소문은 순식간에 퍼져 나갔다.

그리고 어느 순간 장로전과 서귀의 처소를 잇는 길목을 사이에 두고 아닌 척하며 곁눈질로 사태의 추이를 지켜보는 제자의 수가 점점 불어났다.

"네가 책임지고 배웅하거라! 하산을 시키기 전에는 장로전에 발걸음 하지 마라!"

자운전이 들썩이는 불호령에 근처에 있던 제자들이 화들짝 놀랐다.

자운전 밖으로 나오는 조세걸의 얼굴은 식은땀이 맺혀 마치 큰 병을 앓는 것처럼 창백하기까지 했다.

그의 동문 사형제와 아래 항렬의 사질들은 조세걸을 안쓰럽고 측은한 눈길로 응원했다.

"가시죠."

"못 가네."

"하산해 주십시오."

"그럴 수 없다니까."

"돌아가세요!"

"못 가네!"

굳이 엿들을 필요도 없이 서귀와 조세걸 사이에 설전에 가까운 고성이 오가기 시작하자 밖에서 지켜보던 제자들은 입이 벌어졌다.

이게 무슨 황당한 경우란 말인가?

"이런 예법은 없습니다!"

"내가 할 말일세!"

"떠나주셔야겠습니다!"

"누구 마음대로?"

"여기 주인은 우립니다!"

"누가 아니라고 했나?"

대화의 수준이 갈수록 떨어졌다.

조세걸은 물론이거니와 사태를 지켜보는 화산파 제자들은 명색이 서귀 정도 되는 인물이 유치하기까지 한 억지와 생떼를 쓰는 행태를 이해할 수 없었다.

또한 일이 이 지경이 됐는데 어째서 애초부터 장로들이 직접 나서지 않고 조세걸을 앞세웠는지 그것도 이상했다.

용천장의 연산홍과 서귀가 제 발로 들어온 것이 아니라 강제로 인질의 몸이 돼서 붙잡혀 들어왔다는 전후사정을 모르는 그들로서는 당연한 반응이었다.

서귀의 입장에선 연산홍을 놔두고 화산파를 떠나라는 말은 죽어도 따를 수가 없는 것이다.

서귀가 머무는 전각을 중심으로 웅성거리던 소요가 갑자

기 뚝 그쳤다.

현재 화산파 안에서 가장 뜨거운 감자로 오르내리는 문제의 존재가 등장했기 때문이다.

정오는 지난 지 오래고 조금 있으면 해가 하늘을 발갛게 물들여 갈 시간에 이제야 눈곱을 떼며 입이 찢어져라 하품하는 소년.

'검신 태사조의 제자', '나이 어린 태사조', '차기 검신' 등등으로 불리는 존재되시겠다.

아직 그다지 많이 알려진 바가 없기에 염호에 대한 소문은 온갖 추측과 낭설이 난무했다.

강 건너 불구경 하듯 지켜보던 제자들은 염호의 발길이 지금도 답 없는 고성과 설전이 오가는 서귀의 처소로 향하는 것을 보며 숨을 죽였다.

염호가 서귀의 처소 출입문 앞에 섰을 때까지도 고성은 끊이지 않았다.

펑—!

구경하던 이들이 움찔했다.

염호가 발을 들어 냅다 출입문을 걷어찼기 때문이다.

그냥 가볍게 찬 것 같은데 양쪽 문이 통째로 뜯겨 나가 안쪽으로 사라졌다.

와장창! 쿠당탕! 우지끈!

고성과 설전이 뚝 그치는 대신 요란한 소란이 안쪽에서 들려왔다.

"뭐가 이리 시끄러워?"

굳이 표정을 보지 않아도 구경 중인 제자들은 염호의 목소리에 그득한 짜증을 피부로 느꼈다.

그리고 몸을 푸는 듯 염호가 고개를 좌우로 흔들며 안으로 들어갔다

"으헉?"

안쪽에서 서귀의 기겁한 비명이 터져 나왔다. 그리고 조세걸이 뒷걸음질 치며 밖으로 튀어나왔다.

얼굴이 마치 대낮에 무슨 도깨비라도 본 표정이었다.

"못 가?"

"커헉!"

안쪽에서 들려오는 염호의 앳된 목소리에 이어 숨이 막힌 것 같은 비명이 터져 나왔다.

"왜 못 가?"

"컥? 커컥? 이, 이놈!"

화산파 제자들은 두 귀로 똑똑히 전해지는 염호의 목소리와 서귀의 신음을 들으며 눈이 휘둥그레졌다.

"뭐? 눈에 흙이 들어가기 전에는 어째? 제법 문장을 쓸 줄 아는데?"

"컥, 컥? 커… 흐으… 억?"

"거기에 딱 어울리는 가르침을 내려주지. 너같이 주제를 모르는 놈들이 잊지 말아야 할 무림의 오랜 격언이다."

그때 그저 숨이 막히는 비명을 지르던 서귀의 목소리가 급박해졌다.

"자, 자자자자, 잠깐! 머, 머리만은! 아안… 돼… 애?"

허파에 바람이 빠지듯 서귀의 목소리가 힘을 잃고 모기처럼 작아졌다.

"들어는 봤을 거야. '관을 봐야 눈물을 흘린다고.' 그치?"

순간 미세하지만 선명하고, 짧지만 잊히지 않을 뼈와 뼈가 갈리는 소름 끼치는 소리가 장내를 갈랐다.

뿌드드드득—!

그리고,

"으어어어어아아아아아악—!"

폐부를 뚫어버리고 십이지장을 관통하고도 남을 커다란 비명이 메아리쳤다.

*　　　*　　　*

화산이 지척인 화운객잔.

주방마저 불이 꺼진 화운객잔의 객방 하나에서 유일하게

희미한 불빛이 번져 나왔다.

　덜덜덜덜덜.

　붓을 든 주름진 손이 중풍을 맞은 노인보다 더 안쓰러울 정
도로 경련했다.

　"크… 으윽? 큭?"

　부들부들 떠는 손마디에 힘이 들어가며 손의 주인에게서
이를 악문 신음이 새어 나왔다.

　—…굉뢰당(轟雷堂)과 섭요당(晱繞堂)은 명을 받는 즉각 회신하지
말고 전 병력을 물려 화산으로 집결토록 하시오.

　굉뢰당과 섭요당은 용천장의 전력 중에서 강남무림의 혼
란을 방지하고 남도련의 준동을 감시하기 위해 조직한 전력
이었다.

　장강을 기준으로 강남무림 전역을 감시하면서 물리적 억
지력을 가져야 하니 당연히 그 총 인원수만 따지자면 용천장
의 전력 중 가장 많은 수를 차지했다.

　—단검영(斷劍營)과 착금영(捉金營)은 총동원…….

　두 번째 종이에 겨우겨우 힘겹게 써가던 붓이 멈칫했다.

단검영과 착금영은 용천장이 북검회를 견제하기 위해 펼쳐 놓은 군진이었다.

먹물을 가득 머금은 붓털이 몇 번이다 떨어졌다 붙었다 반복을 하더니 끝내 쓰다 만 종이가 치워졌다.

새 종이가 두 번째 종이를 대신하게 되고 망설이며 멈칫한 것에 대해 화풀이라도 하듯 붓은 격한 경련을 동반하며 휘갈겨졌다.

—…내당 호법 방자룡을 총사로 봉하니, 명을 받는 즉시 비환영(飛環營), 혼문영(混聞營), 백변영(百變營)을 모두 화산으로 집결시키라. 기한은 삼 일 이내로 할 것이며 회신은 필요 없다.

언급된 내용은 용천장의 사람이 아니더라도 무림 전체가 뒤집어질 내용이었다.

용천장의 비환영과, 혼문영, 백변영은 정파가 아닌 사악한 무리를 억누르기 위해 용천장이 운용하고 있는 조직이기 때문이다.

그것도 그냥 사파의 조직이나 무림 방파가 아니라, 사파무림의 수괴라 할 수 있는 유사(幽邪)가 이끄는 유령총과 살인귀 도사(屠邪)의 혈곡, 그리고 신출귀몰하여 끝없이 추적에 추적을 거듭하고 있는 괴사(怪邪) 무인흑교를 전담하는 조직이었다.

이들을 견제하고 감시하는 전력을 물린다면 향후 어떤 파장을 가져올지 아무도 장담할 수 없는 일이었다.

그러고도 두 번째 종이 위로 다시 세 번째 종이가 펼쳐졌다.

그리고 붓을 내려놓더니 손을 들어 입으로 가져갔다.

으득.

손가락의 살점이 뜯겨 나가며 순식간에 붉은 피로 물들었다.

피를 머금은 손이 종이 위로 향했다.

ㅡ장주 옥체 위급.

단지 그뿐이었다.

그렇게 간단히 적은 종이를 글자가 정확히 반으로 갈라지도록 찢더니 각각의 종이를 새끼손가락만큼 작은 통 안에 돌돌 말아 넣었다.

각각의 작은 통에는 미세하게 용천위(龍天衛)와 천인혈(千刃血)이라는 글자가 새겨져 있었다.

얼마 후, 객방의 창문이 열리며 비둘기 두 마리가 날아오르고, 뒤를 이어 맹금의 제왕이라는 독수리 두 마리가 밤을 가르며 하늘 꼭대기로 솟아올랐다.

사위가 짙은 어둠에 잠겼으나 그 어둠 속에서도 멀리 보이는 우뚝 솟은 서악 화산의 위용.

창가에서 화산을 바라보던 짙은 그림자로부터 볼 수 있는 건 이글거리는 핏발 선 눈빛뿐이었다.

"화… 산."

살기가 뚝뚝 묻어나오는 스산한 뇌까림과 함께 그림자가 얼굴을 돌렸다.

그러자 어둠에 숨겨진 얼굴의 반쪽이 불빛에 걷어졌다.

천하가 발칵 뒤집히고 힘의 균형이 무너지고 말 명령을 내린 장본인.

서귀였다.

그 서귀의 얼굴은 시퍼런 멍 자국과 부어오른 혹으로 완전히 뒤덮여 있었다.

* * *

낮지만 웅후하고 장엄한 합창이 화산파 도량 구석구석으로 메아리쳤다.

그도 그럴 것이 자운전 뜰 앞에 화산파 본산제자가 한 명도 빠짐없이 모였기 때문이다.

연단 위에는 장로들과 함께한 장문인 진무가 오랜만에 건강한 모습으로 등장해 몇 마디 말을 전하는 중이었다.

　진무와 장로들이 등지고 있는 자운전 안에는 염호가 서 있었다.

　굳게 닫힌 자운전의 문을 응시하는 염호의 표정은 평소의 따분함이 가득한 표정도, 심통 난 표정도 아니고, 장난기도 없었다.

　'두 번째구나.'

　염호는 처음 한호로 오해를 받아 화산파에 발을 디디던 날을 떠올렸다.

　화산파 전 문도의 환영을 받으며 입성한 날.

　'본 파의 미래를 짊어진 제자들과 어린 동량들에게 한 말씀 해주십시오.'

　그때는 어떻게든 그 상황을 모면하고 내빼고 싶은 심정뿐이었다.

　'제가 어렸을 적에도 알아듣기 쉽고 금세 깨우칠 수 있는 좋은 말씀을 많이 해주셨지 않습니까? 그거면 충분합니다.'

염호가 그때를 떠올리며 피식 웃었다.

'다들 득도하여 정진하시게!'

머리에 쥐가 나도록 쥐어 짜내 꺼낸 말이 너무 짧아서가 아니었다.

세상물정 모르는 말코라고 비웃은 자신이 기껏 한다는 소리가 결국은 도 닦는 소리였던 것이 한심하고 어이가 없어서다.

"태사조님."

상념에 잠겨 있던 염호는 진무가 문 밖에서 부르는 소리에 정신을 차렸다.

염호는 화산파에서 가장 큰 자운전의 문을 두 손으로 밀쳤다.

끼이이이이이.

낡은 문설주와 경첩이 마찰을 일으키며 육중한 소음을 토해냈다.

그리고 어두운 자운전 실내로 눈부신 햇살이 파고들어 와 어둠을 몰아내고 구석구석 밝은 광휘로 물들어갔다.

저벅저벅.

바늘 하나가 떨어져도 소리가 들릴 만큼 조용해진 장내에 염호의 발걸음이 파문처럼 조용히 번졌다.

자리를 청하는 진무의 손짓에 따라 그의 곁에 서자, 예복을 갖춘 화산파의 모든 문도가 일제히 한쪽 무릎을 꿇으며 불끈 쥔 주먹을 가슴으로 가져갔다.

"태사조님을 뵈옵니다!"

염호의 귀에 흡사 수천의 사자후가 범종처럼 메아리치고 홀연히 사라지는 것 같은 착각을 불러왔다.

처음 진무와 화산파 장로들의 오해로 인해 검신 한호의 신분으로 들어왔을 때, 이들은 두 팔을 번쩍 들고 기쁨과 웃음이 가득한 환호성을 질렀다.

지금은 도열해 있는 모습조차도 한 치의 흐트러짐 없이 엄숙하고 비장한 표정으로 고개를 숙이며 염호를 환영했다.

염호는 그것이 나쁘다고 생각하지 않았다.

그때는 그때대로 순수하고 때 묻지 않은 손자 같은 맛이 있었으니까.

지금은 하나같이 기도가 엄정하고 기백이 넘치며 행동과 숨결에도 절도가 넘쳐흘렀다.

'그래, 그래야지. 마땅히 그래야지. 다 컸구나. 그새 다 컸어.'

염호는 새삼 코끝이 시큰해졌다.

남도련을 지우고자 화산파를 나올 때만 해도 이래도 걱정,

저래도 걱정뿐인 녀석들이었다.

그런데 그 짧은 시간 동안에 벌써 이만큼 성장한 것이다.

"제자들에게 한 말씀 하시지요."

염호는 이번에는 진무가 청하는 것을 거절하지 않았다.

그리고 하고 싶었던 말을 했다.

"화산파는 도문이지만 그건 우리끼리 하는 얘기고."

"······!"

첫마디부터 서설 없이 단도직입으로 꺼낸 말에 고개를 숙이고 있던 제자들이 일제히 염호를 쳐다봤다.

"세상을 혼자 사냐? 화산파도 마찬가지다. 좋든 싫든 남들이랑 부대껴야 하는 거고 남들이란 곧 무림이다."

"······."

진무와 장로들은 염호가 과연 무슨 말을 하려는 걸까 하는 호기심 어린 표정을 지었다.

비록 그가 죽은 태사조의 제자이긴 하지만 속세에서 가르침을 받은 데다 나이도 어리니 현묘한 문답은 그다지 기대하지 않는 듯했다.

"그럼 어떻게 살아야 할까? 무림에서 살아가는 거 별거 없어."

염호가 한 자 한 자 힘줘 말했다.

"지키고, 강해지고, 쟁취하는 것. 이거 세 가지다."

하지만 염호의 말에 긍정적으로 고개를 끄덕이는 이보다는 다소 수긍하지 못하는 표정을 짓는 이가 더 많아 보였다.

바탕이 도문의 제자이다 보니 지키는 것은 곧 집착이요, 강해지는 것은 힘을 좇는 것이며, 쟁취는 속된 탐욕으로 여겼기 때문이다.

"지키지 못하면 무슨 소용일까? 차라리 무릎을 꿇고 갖다 바치는 게 낫다."

"……!"

"강해지지 못하면 무슨 소용일까? 차라리 굽실거리는 게 낫다."

염호의 목소리가 날카롭게 일어서 난도질했다.

"쟁취하지 못하면 무슨 소용일까? 차라리 무릎을 꿇고 구걸하는 게 낫다."

"……"

화산파 제자들은 숨을 죽이며 다시 고개를 숙였다.

염호가 말하고자 하는 바가 무엇인지 뒤늦게 깨우쳤기 때문이다.

그것은 가르침인 동시에 꾸짖음이었다.

진무와 장로는 놀랍다는 듯, 기특하다는 듯 염호를 탄복한 눈길로 바라보며 고개를 끄덕거렸다.

"도는 평생 닦는 것이니 지금은 오늘을 살고 내일을 위해

서 힘써라. 힘쓰며 사는 거 어렵지 않다. 말 그대로 힘쓰면
돼."

염호는 과거 자신의 사부가 해줬던 말을 그대로 전했다.

"내 사부께서 그러셨다. 내공이 내공을 키우고, 실전이 실
전을 키워 힘이 길러지는 것이고, 경험이 경험을 키우고, 지
혜가 지혜를 키우고, 사람이 사람을 키우는 게 사는 거라고."

"……."

화산파 제자가 모두 가슴 뭉클한 표정을 지었다.

염호가 사부라고 하니 자신들이 가장 존경하는 이제는 두
번 다시 볼 수 없는 검신 태사조를 떠올린 것이다.

염호가 고개를 돌려 진무를 쳐다봤다.

할 말 다 했다는 뜻이었다.

진무와 장로들은 그런 염호를 보며 더없이 흐뭇한 표정으
로 빙그레 미소 지었다.

화산파에서 염호가 공식적으로 존재를 알리며 등장했다.

'검신의 후예.'

그 수식어 앞에 나이도, 출신 배경도, 그 무엇도 중요하지
않았다.

진무가 장문인의 권위로써 염호가 검신의 후인이 맞음을
인정하고 화산파의 문내외 전 문도는 엄정한 배분과 항렬에

따라 '태사조'로 부를 것을 명했다.

야도와 동귀어진해 장렬한 산화로 마감한 검신 태사조 이후 또 다른 태사조가 등장한 셈이다.

또한 진무는 전국의 각 성과 방방곡곡의 속가문인에게 빠짐없이 통문을 돌리고 사실을 적시했다.

염호가 태사조의 마지막 후인이자 관문제자로서 백 년 전 절전된 화산과 최강의 비기 자하신공을 연성했다는 것.

검신 태사조가 말년에 깨달아 바깥 세상에 보인 적이 없는 최후의 심득까지 계승했다는 것 또한.

그 일은 사람과 사람, 소문과 소문을 타고 널리 널리 중원 전역으로 퍼져 나갔다.

第九章

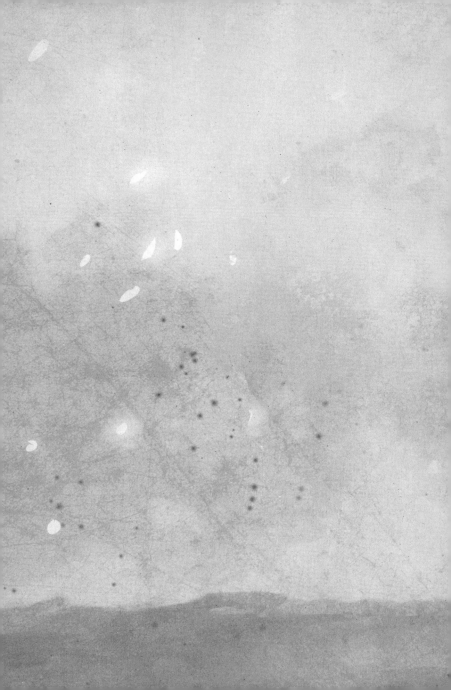

"누구?"

"검신의 제자라고 합니다."

북검회의 군사 좌문공은 조금 관심을 가지려다 검신이란 말에 귓등으로 흘렸다.

그에게 검신은 더 이상 고민거리를 안겨다주는 존재가 아니었다.

이미 죽어버린 이가 무슨 고민거리겠는가.

통천심안(通天心眼)이라고까지 불리는 좌문공이다. 보고의 첫 마디만 듣고도 그는 전후 사정을 훤히 짐작했다.

백 년 전, 무림의 신화적인 인물이었던 선조가 나타나 쇠락한 문파가 다시 일어서고 옛 영화로움을 되찾은 화산파다.

 모든 영광의 주역인 검신이 죽었지만 화산파의 기세는 당분간 수그러들지 않을 것이다.

 검신이 단신으로 장강을 도하해 남도련을 지우고, 강남무림을 쑥대밭으로 만들어놓은 기적 같은 위업은 죽어서도 화산파라는 이름 석 자를 빛나게 만들었으니까.

 당연히 화산파에선 백 년 만에 회복한 성세를 다시 놓치고 싶지 않을 것이다.

 수뇌부 중에 생각이 있는 자가 단 한 명이라도 있다면 당연히 지키는 것에서 나아가 오래도록 유지할 수 있는 방안을 강구할 터였다.

 검신의 제자라는 것도 결국은 그 방안에서 나왔을 것이다.

 그것은 좌문공 자신이라 하더라도 어려운 일은 아니다.

 설사 검신에게 무공 한 줄 배우지 않았다 하더라도 장문인이 외부에 '검신의 제자다'라고 공언하면 그만인 것이다.

 다소 그에 걸맞은 실력을 보여야겠지만 중요한 것은 상징적인 의미일 뿐이다.

 '나라면 신비감을 더하기 위해서 문파 내에서 인재를 선발하진 않는다. 아무리 파고 파도 출신 내력이 나오지 않을 외부에서…….'

"그런데, 속가제자라 하옵니다."

"……?"

"게다가 검신의 최후 심득을 전수받은 관문제자라고 하옵니다."

"최후 심득? 관문제자?"

좌문공이 눈을 치떴다. 순수하게 놀란 것이다.

하지만 이내 피식 웃고 말았다.

'제법이군. 산속에 틀어박혀 있는 도사 나부랭이들이 용케 그 정도 머리를 굴렸구나.'

좌문공은 비록 잠시일지라도 일순간 평정심을 무너뜨리고 당혹하게 만든 화산파의 간계를 인정해 줄 만하다고 여겼다.

검신의 최후 심득이라는 것은 화산파 내부에서는 말할 것도 없고 외부에서도 매력적인 대상이 될 것이다.

'최후 심득이니 비전을 명분으로 내세워 공개 불가는 당연할 테고.'

실소하는 좌문공의 눈동자에 화산파를 향한 가소로운 빛이 떠올랐다.

"그래, 그럼 어느 지역의 어느 가문 출신인지도 밝혀지지 않았겠군?"

"예? 예! 그렇사옵니다! 하지만 응검각(鷹劍閣)에서 추적 중에 있고 흑표회에도 협조를 구해났으니 조만간 밝혀질 것이옵니다."

부하는 자신 있다는 듯 확언했지만 좌문공은 내심 고개를 절레절레 흔들었다.

애초부터 있지도 않았던 존재가 쑤시고 파낸다고 나올 리가 없다.

'화산파에 아주 인물이 없는 것은 아니군. 시기적으로 보아 사전에 작업을 한 것이 분명하니…….'

좌문공은 습관처럼 책상머리를 손가락으로 톡톡 두들기며 재밌는 표정을 지었다.

'규중화가 한 방 먹었군. 화산파의 공갈 수작에 놀아난 꼴이니 꿀꺽하러 간 길인데 이렇게 되면…….'

"그리고 화산파 속가문인들에게 전해진 바로는 검신의 후예가 자하신공을 연성했다고 하옵니다."

"……!"

"절전된 지 백 년 만의 부활을 기념하여 검신의 후예가 직접 자하신공을 시연한다고……."

좌문공이 벌떡 일어섰다.

보고를 하던 그의 부하는 내내 느긋하게 듣던 좌문공이 갑자기 놀란 표정을 지으며 일어서자 깜짝 놀랐다.

그의 입장에선 검신의 후예가 나타났다는 사실이 가장 놀라운 사실이지, 검신의 후예가 자하신공을 연성했다는 게 더 놀랍지는 않았기 때문이다.

사실 말이야 바른 말이지, 검신이 유명한 것은 그의 경이로운 능력 때문이지 백 년 전의 전설의 이야기에나 나오는 실체 없는 자하신공 때문은 아니지 않은가.

그때였다.

쿠당탕! 콰당!

"……?"

갑작스런 요란한 소리에 좌문공과 보고하던 부하가 의아해 닫힌 출입문 쪽을 쳐다봤다.

"아앗? 각, 각주님! 대군사께 아뢰올 테니 잠시만……."

"물러서라!"

"억? 각주님! 지금 대군사께선 보고를 받고 계십니다! 진, 진정……."

"비켜랏! 사안이 급하다! 비키지 않으면 목을 칠 것이다!"

내실 안에 있던 좌문공이 그 말에 아연실색했다.

목소리의 주인은 그가 수족처럼 아끼는 응검각의 책임자 백리준.

그는 병적으로 준비성이 철저해 평소 다급한 상황에 몰리거나 예상치 못한 전개를 극히 싫어하는 위인이었다.

당연히 일 년 열두 달, 사람이 밋밋하다고 할 만큼 항상 차분하고 절대 흥분하거나 당황하는 일이 없었다.

그런 그가 목을 치네 마네 하는 소리까지 입에 담다니?

좌문공이 목소리를 높여 소리쳤다.

"백리 각주를 들게 하라!"

벌컥!

"대군사!"

어찌나 다급한지 백리준이 문을 열자마자 발을 안으로 들이밀기도 전에 좌문공부터 불러 젖혔다.

"무슨 일인가? 대체 자네가 이토록……."

"용천장의 비환영, 혼문영, 백변영이 전부 철수했다는 급보이옵니다!"

"뭣이?"

좌문공이 충격을 받은 듯 안색이 급변했다.

용천장의 무력 조직이긴 하지만 그들은 저마다 현재 무림에서 가장 위협적이랄 수 있는 사파무림의 유령총과 혈곡, 무인흑교를 견제하고 감시하는 역할을 해오고 있었다.

하지만 그 혜택은 온 무림이 받고 있다고 해도 할 말이 없었다.

혹세무민하는 사악한 무리인 사파무림을 출혈을 감수하며 힘으로 억누를 수 있는 곳은 용천장이 유일하다고 봐야 했기 때문이다.

때문에 이들을 견제하는 세 무력 조직이 철수했다는 소식은 결코 남의 일이 아니었다.

"대체 무슨 일이오? 그들을 움직일 수 있는 자는 용천장의 규중화와 총관 서귀뿐인데 그들은……!"

너무 놀라고 당황한 나머지 평소처럼 유추를 하지 못하던 좌문공이 스스로 말하다 말고 입을 다물었다.

그리고 얼굴에 드러난 놀라운 감정은 더욱 커다래졌다.

"화… 산?"

좌문공의 물음에 백리준이 고개를 끄덕였다.

"그렇습니다! 그들의 행로가 섬서로 향하고 있다고 하옵니다. 집결지가 어디겠습니까?"

'…왜?'

"남도련과 강남무림을 견제하던 굉뢰당과 섭요당의 무리도 잔여 병력 하나 남기지 않고 전 병력을 물려 섬서로 향하고 있습니다!"

좌문공이 신음성을 흘렸다.

"움직이지 않은 곳은 용천장 본장과 우리 북검회를 지켜보는 단검영, 착금영뿐입니다!"

"……."

"대군사! 지금 상황이 아주……."

좌문공은 손을 들어 흥분한 백리준의 말을 중단시켰다.

삼시간에 들이닥쳐 연쇄반응처럼 줄줄이 이어지는 소식

탓에 머릿속이 실타래처럼 엉켜 터지기 일보 직전이었기 때문이다.

그는 최대한 차분해지려 노력했다.

화산파의 의중, 검신의 후예와 자하신공이란 것들은 뒤로 미뤘다.

이전에 이미 화산파와 관련한 일을 소홀히 다뤄 곤란을 겪었음에도 그는 또다시 같은 기준으로 고민의 순서를 결정 내렸다.

어쩔 수 없는 일이었다.

아무리 화산파에 대한 뼈아픈 실수와 판단 착오가 있었다손 치더라도 고민해야 할 비교 대상의 우위는 용천장이었다.

천하제일세 용천장은 북검회가 넘어야 할 산이며, 이와 관련지어 날아든 소식은 그저 섬서 땅의 한 문파에 불과한 화산파가 아니라 정파와 사파를 가르는 무림 전체의 균형과 정세에 영향을 주는 사안이기 때문이다.

물론 화산파와 아주 관련이 없지는 않았다. 현재 규중화와 금강영왕이 있는 곳은 화산파이기도 하니까.

'유령총과 혈곡, 무인흑교를 견제하는 무력들을 철수시켰다. 이것은 무엇을 뜻하는가.'

좌문공은 연산홍이 용천장을 승계한 시기를 기점으로 그녀가 겪은 커다란 위기를 꼽아봤다.

이런저런 일이 많았지만 어린 그녀가 감당하기 버거운 경우는 두 번이었다.

천래궁주 요천의 의혹스런 도전을 받아들여 살았는지 죽었는지 불분명해진 그녀의 아비 한천 연경산.

한천의 갑작스러운 부재로 가신 일부가 반역의 조짐을 보였을 때, 연산홍은 그 일부뿐만 아니라 조그만 관련이라도 있는 이까지 모조리 솎아내 제거했다.

그 수도 수지만 피해 정도를 따지자면 무려 용천장의 전력 삼 할에 가까운 자충수였다.

'그때도 강남무림을 견제하고 사파 진영을 억제하는 조직은 장기판으로 가져오지 않았다.'

무림의 질서가 용천장에 있다는 말이 나돌 정도로 그들의 성세가 하늘에 닿아 있지만 의외로 용천장의 체계는 간단하다.

모든 명령은 용천장의 장주가 직접 내리며 권위 또한 장주에게 있다.

예외는 단 하나였다. 장주 유고시 총관 서귀가 대신할 수 있다는 것.

그래서 서귀의 천하십강의 금강영왕이란 찬란한 명예보다 용천장의 총관이란 직함이 무림에서 더 회자되는 이유다.

'그런데 한 곳도 아니고 그들 모두가 움직였다? 그들이 움

직이는 행로로 보아 화산파가 집결지. 연산홍과 서귀는 화산파에 있다. 그것도 함께.'

결론은 하나였다.

좌문공은 자신의 결론이 믿기지 않는 듯 신음처럼 뇌까렸다.

"화산에 문제가 생겼다."

"멸문입니까? 화산파가 용천장의 손에 끝장이 날 것 같습니까?"

백리준이 놀라 하는 말에 좌문공이 정신이 나간 눈빛으로 그를 쳐다봤다.

"그게 아닐세."

아니라니? 그럼 이 상황을 어떻게 설명한단 말인가?

"화산파에 문제가 생긴 게 아니라, 거기 머물고 있는 연산홍과 서귀에게 문제가 터졌네."

"…예?"

백리준과 보고를 하던 수하가 동시에 무슨 뚱딴지같은 소리냐는 표정을 지었다.

"비상령을 선포하게."

너무 간단히 내리는 명에 둘은 순간적으로 체감이 오지 않아 서로가 '내가 뭘 잘못 들었나?'라고 생각했다.

"이는 북검회 대군사의 권위로써 내리는 것이니 지체 없이 모든 절차와 체계를 무시하고 최우선적으로 시행하게."

"헉?"

"대, 대군사?"

뒤늦게 실감한 둘이 헛바람을 집어삼켰다.

"용천장주 연산홍과 총관 서귀의 신변에 이상이 생긴 것으로 상정하게."

"누, 누구요?"

"그런……?"

당혹성이 흘러나왔다.

어떻게 하면 화산파가 아니라 연산홍과 서귀의 신변에 문제가 생겼다는 판단이 나올 수 있단 말인가.

한천의 절학을 모두 이어받은 연산홍은 말할 것도 없고, 금강영왕 서귀 하나만도 화산파에선 감당할 수 있는 인물이 없다.

현실이 그랬다.

"기준은 최소……."

좌문공의 표정이 더할 수 없이 심각하게 가라앉았다.

"화산파에 인질로 잡혀 구금 상태인 것으로 간주한다. 둘 중 하나만 볼모로 잡혀 있을 수도 있고, 둘 다일 수도 있다."

"……!"

좌문공의 마지막 말은 둘로 하여금 입을 얼어붙게 만들었다.

"바람 좀 쐬고 그래. 왜 안에 틀어박혀서 꿈짝을 안 해?"

연산홍은 며칠 코빼기도 비치지 않던 염호가 찾아와 다짜고짜 꺼낸 말에 대꾸할 가치도 느끼지 못했다.

누구 때문에 이런 상태가 됐는데 바람 운운한단 말인가.

무력을 앞세워 강제로 화산파 안으로 끌려온 것이나 다름없고, 출입구는 밥 먹는 것조차도 자리를 뜨지 않고 해결하는 정체불명의 무서운 도객이 여전히 지키고 있는 것이 현실이다.

설령 출입이 자유롭다 한들 강제에 의해 사실상 인질이 된 몸으로 속없이 화산파 경내를 쏘다니며 바람 따윌 쐬고 싶은 마음은 추호도 없었다.

"헛소리 그만하고 할 말이 없으면 물러가라."

염호는 싸늘한 목소리로 한껏 무게를 잡아 말해봐야 소녀 특유의 곱고 아름다움을 감출 수 없는 연산홍의 말에 피식거렸다.

"물러가긴 뭘 물러가? 여기가 용천장인 줄 알아? 여기 화산파야. 머리가 나쁘네."

"……."

염호는 연산홍이 뭐라 대꾸할 듯하다가 입을 다물며 심기 불편한 표정을 짓는 모습에 또 피식거렸다.

그에게는 연산홍이 하는 짓이나 말이 사실 모두 우습기만 했다.

하는 행동이 제법 묵직한 티를 내긴 하는데 딱 봐도 그냥 어른 흉내 내는 재롱으로 보였다.

거기다 눈썹을 찡그리며 심기 불편함을 티내는 모습도 그 나이 또래와는 어울리지 않는 어색함이 가득해 화가 난 모습 이라기보다는 뭐랄까…….

'그걸로 삐치기는!'

연산홍은 상대하기도 싫은지 고개를 돌려 염호를 외면했 다.

하지만 염호는 딱히 심통이 난다거나 짜증 따위는 나지 않 았다.

실실 웃는 염호의 눈이 잠시 연산홍의 얼굴에 머물렀다.

잘근잘근 깨무는 입술.

'작고 도톰하니 빛깔 참 곱다.'

찡그린 눈썹.

'더 약 올려볼까? 보기 나쁘지 않아.'

하야면서도 불그스름한 귓불과 스며든 햇살에 물든 솜털.

'…이쁘네.'

거기까지 생각한 염호가 스스로가 생각하기에도 망측한지 고개를 흔들었다.

'니가 미쳤구나! 미쳤어!'

"흠! 흐흠! 흠!"

그냥 잠시 방심한 것뿐이다.

사람이 그럴 수도 있는 것 아닌가.

이쁜 것을 이쁘다고 하는데 누가 뭐랄까.

죄졌어?

아무 말도 않고 있다가 헛기침을 연발하는 염호가 이상했는지 연산홍이 외면했던 고개를 돌려 다시 그를 쳐다봤다.

그렇게 둘의 눈이 마주쳤다.

그 순간 염호의 눈이 묘하게 반짝거렸다.

왜 그랬는지 모른다.

그냥 그랬다.

처음 본 것도 아니고, 그전부터 기미가 있었던 것도 아니고.

빤히 쳐다보는 연산홍의 흑요석 같은 새까만 눈동자와 마주친 순간 염호가 저질러 버렸다.

"나랑 할래?"

"……."

이미 쏟아버린 말을 다시 주울 수도 없는 노릇이다.

말을 떼기 전에는 생각만 한 것으로도 천벌받을 짓을 한 것처럼 스스로에게 욕설을 퍼붓고 부끄러움을 느꼈지만 막상 뱉고 나니 '뭐가 어때서?'라는 간덩이 부은 생각이 튀어나왔다.

얼마 만에 여자가 예뻐 보인 건가.

문제 될 것도 없었다.

몸뚱이도 팔팔하고 힘도 불끈불끈하고.

'뭐, 아주 안 통하던 것도 아니고… 크흠!'

아주 먼 까마득한 과거에도 걸었던 수작의 방식이다.

물론 염호 인생에 연애라는 건 해본 적도 없었다.

몸이 원하면 밤길을 밟으면 되는 것이고, 꽃은 기루에 가면 차고 넘쳤다.

그래도 몸을 파는 기루 집엔 가지 않았다.

마음에 들면 순수하게 호의를 비쳐 의사 타진을 하고 아니면 그걸로 접으면 되니까.

방식은 언제나 같았다. 조금의 오해 없이 명확하게 의중을 전달할 수 있는 말.

'나랑 할래?'

실패는 드물었다.

특이하게도 재수 옴 붙은 무림의 유명한 미친년을 만나 먼저 제의를 받고 거절한 경우가 한 번 있긴 했지만.

여전히 빤히 쳐다보는 연산홍의 미간이 좁혀졌다.

염호는 정말 오랜만에 긴장이라는 것을 느껴봤다.

온 신경이 연산홍의 표정과 입술, 그 입술을 비집고 나올 대답 여부에 쏠렸다.

염호를 쳐다보던 연산홍의 표정이 서서히 화가 난 얼굴로 물들어갔다.

'그래, 뭐 화날 수 있지.'

염호는 그 반응을 순순히 받아들였다. 기대한 대답은 아련한 소망 같은 것이고 현실은 그 반대라는 걸 어느 정도 예상했기 때문이다.

하지만 나쁘진 않았다. 잠깐의 기대를 가져 뜻하지 않은 즐거움을 준 것도 오랜만이었으니까.

그때였다.

드르륵!

"……?"

염호는 연산홍이 의자를 뒤로 거칠게 밀며 벌떡 일어서자 얼굴이 벌레 씹은 표정이 돼버렸다.

'젠장, 옛날이나 지금이나 기집애들 반응은 다 똑같네. 그냥 한 대 맞아줘야 하냐?'

"어디서 할 테냐."

"……!"

염호가 믿기지 않는 표정으로 연산홍을 뚫어져라 응시했다.

"여기서?"

"바, 밖에……."

염호는 어린것이 생각보다 솔직하다고 생각하며 더듬거렸다.

"지금 바로?"

과격함과 추진력까지.

"아니, 그래도 준비는 좀……."

"시간과 날짜를 정해라."

연산홍의 말에 염호가 다소 겸연쩍은 표정을 지으며 손사래를 쳤다.

"뭘, 또 그렇게 구체적으로. 조용히 아무도 없는 곳에서……."

"화산파 전 문도가 보는 앞에서 해도 상관없다."

"……!"

염호의 입이 딱 벌어졌다.

'너, 너란 여잔……?'

연산홍이 그런 염호를 향해 서릿발 같은 표정을 지으며 말했다.

"네가 나보다 강하다 해서 업신여기지 마라."

'응?'

염호는 뜬금없이 무슨 헛소린가 하는 표정을 지었다.

"나 연산홍은 적보다 약하다고 해서 무릎을 꿇지 않는다."

"…뭐?"

"얼마든지 도전을 받아주지."

"…도 …전?"

염호의 표정이 괴상하게 변했다.

"비무가 아니라 생사결이라도 상관없다."

"……."

"얼마든지 해라! 몇 번이고 받아주지."

"……."

"몇 번이고… 몇 번이고……."

"에잇!"

염호가 얼굴이 시뻘게져서 벌떡 일어섰다.

그리고 몸을 확 돌렸다.

연산홍이 그런 염호의 등에다 대고 물었다.

"장소는?"

"……."

"시간과 날짜는?"

결국 염호가 빽 하니 소리쳤다.

"시끄러―!"

　　　　　*　　　　*　　　　*

　좀 잠잠해지나 싶던 무림이 들썩거렸다.

　화산파 때문이었다.

　본산에서 출발한 전령과 전서구들이 다시 한 번 전국 방방곡곡으로 날아가 '검신의 후예' 라는 존재를 장문인의 이름으로 알렸다.

　검신의 관문제자로서 마지막 깨달음의 산물인 비전 심득을 전수받았다는 사실.

　그리고 백 년 전 명맥이 끊긴 화산파 최강의 비기 자하신공을 연성해 모월모일 공개적으로 시연한다는 내용까지 동봉했다.

　이 소식은 중원 전체를 들썩이게 만들었다.

　백 년 만에 모습을 드러내 신화적인 행적을 남긴 검신이 후사를 남겼다는 것은 확실히 깜짝 놀랄 소식이었다.

　게다가 남도련을 해체하고 강남무림을 혈혈단신으로 쑥대밭을 만들어놓은 그 무적의 검신이 말년에 깨달은 최후의 비기를 남겼다는 것은 무림의 호사가들이 입방아를 찧게 만들고도 남음이 있었다.

　또 자하신공은 어떠한가.

내외공이 최고조에 이르러 방신지술 최고의 경지라는 호신강기, 반탄강기의 한 종류를 이름이다.

그 경지 자체를 논하는 것만도 별세계의 먼 나라 이야기이거늘 전신의 팔만사천 모공에서 자색 강기가 뿜어져 나온다는 환상적인 전설이 재현했음을 언급하고 있는 것이다.

전국 각 성에서 화산파 속가제자들이 다시 길을 나섰다.

하지만 그전과는 규모부터 달랐다.

그 이전 최초 장문인과 검신의 이름으로 속가제자들의 소환령이 떨어졌을 때는 대표로 한두 명이 길을 나서거나 병을 앓고 있음을 빙자하여 아예 발걸음 하지 않은 곳도 태반이었다.

하지만 두 번째 소환령이 도달하자, 각 속가제자는 전 문도, 전 가문의 식솔을 총동원하고 모자라 사돈에 팔촌까지 줄을 대 화산행에 꼽사리를 낄 정도였다.

당연히 화산으로 향하는 전국 곳곳의 행렬의 규모는 무림의 모든 문파가 주시할 만큼 커져갔다.

검신의 후예와 자하신공이란 두 가지 소문의 핵심은 화산파와 직접 관련이 없는 세력들에게도 초미의 관심사라 할 만했다.

하지만 이내 경악스러운 사실이 무림을 발칵 뒤집어놓았다.

용천장의 핵심 전력인 섬요당과 굉뢰당이 근거지에서 벗

어나 북상 중이라는 소식과, 더욱 놀라운 것은 사파무림을 견제하던 비환영, 혼문영, 백변영이 모두 철수했다는 소문이었다.

처음 소문이 나돌았을 때만 해도 대부분의 무림인은 콧방귀를 뀌었다. 오히려 소문을 전하는 이들에게 헛소문이라도 할 말이 있고 하지 못할 말이 있다며 역정을 낼 정도였다.

하지만 속속 목격담이 줄을 잇자 무림인들은 용천장의 행사에 아연해하지 않을 수 없었다.

간신히 억눌러 놓고 있는 사파 무리를 놔두고 병력을 철수시키다니.

한천 연경산이 어렵게 이룩한 무림의 평화를 어째서 무너뜨리려 하는가, 라며 개탄하고 성토하는 무림인이 넘쳐났다.

용천장이 정파의 구심점이라는 역할을 포기하고 패도 군림의 야욕을 드러내는 것이 아니냐는 의구심 어린 성토마저 쏟아져 나왔다.

이유와 원인을 알기 전에 비난부터 앞선 것이다.

세상의 인심이란 본래 그랬다.

자신들이 힘쓰고 희생하지 않아도 방패막이가 되어주던 때는 용천장을 칭송하며 고개를 숙였지만 상황이 바뀌자 언제 그랬냐는 듯 아직 벌어지지도 않은 일을 가지고서 다가올 모든 환란과 위기는 용천장 때문이라는 비난과 원망의 화살을 날리기 시작한 것이다.

화산파의 일은 순식간에 묻혔다.

그리고 무림의 모든 이가 이 사태에서 눈과 귀를 떼지 못했다.

그런데 다시 용천장이 철수시킨 병력이 향하는 곳이 섬서 쪽이라는 말이 돌기 시작했다.

그리고 불과 며칠 되지 않아 집결지가 화산파라는 이야기까지 파다하게 퍼졌다.

하루가 멀다 하고 온갖 억측과 소문이 눈덩이처럼 불어났다.

화산파가 용천장의 심기를 건드렸다.

용천장이 화산파를 멸문시키려 한다.

남도련을 괴멸시킨 화산파의 저력이 용천장의 심기를 건드렸다.

등등.

거의가 하는 말들이 화산파가 죽은 검신과 그의 후예를 앞세우며 근자에 너무 설쳐 용천장의 심기를 건드렸다는 것이 중론이었다.

화산파와 용천장.

이 두 세력의 충돌에 다른 그 어떤 무엇이나 소식도 관심을 돌리지 못할 것 같았다.

하지만 두 소문의 결과가 채 나오기도 전에 세 번째로 강타한 소문이 무림을 요동치게 만들었다.

천래성축도(天來聖祝導)가 재등장했다!

천래성축도, 그 말이 나도는 순간부터 무림인들은 거짓말처럼 용천장과 화산파의 일을 잊어버렸다.

무림을 들썩이게 만든 세 번째 소문, 천래성축도.

이는 어떤 종파에 적을 둔 신도들의 행렬을 가리키는 말이다.

생겨난 지 불과 반백년이 채 안 된 종파.

바로 천래궁(天來宮)이다.

소위 신인이 하늘에서 내려와 고통받는 중생을 구제한다는 예언을 설파하여 양민들의 희망이 된 신흥 종교다.

신도 대부분이 무림인이 아니라 일반 백성이기에 무림과 접전이 없으며 여타 양민에게 해악을 끼치지 않아 나라에서도 근절시키지 않는 곳.

사실상 포교 활동을 용인받았다고 봐도 무방한 종파가 바로 천래궁이다.

이 종파가 무림의 무시할 수 없는 존재가 된 건 바로 그들이 신인이라 경배하는 천래궁주(天來宮主) 요천(了天) 때문이다.

그가 한천 연경산에게 도전장을 전하고 아무도 모르는 곳에서 대결을 벌였다는 것은 전 무림이 알고 있는 사실.

다만 대결 후 천래궁주 요천은 무사히 돌아와 건재함을 과시했고 한천 연경산은 소식이 끊겨 종적마저 묘연해졌다는 결과만이 다르게 나왔을 뿐이다.

이 경천동지할 일대 사건 후, 천래궁의 신도들이 그를 신공이라 부르는 데 반해 무림인들은 천래궁주, 혹은 요천이라 부르기 시작했다.

이 사건은 지금까지도 두고두고 억측을 낳으며 당대 최고의 비사로 손꼽히고 있다.

생사가 불분명한 연경산의 행적 때문이었다.

천래궁주 요천과의 대결 후 연경산은 죽었는지 살았는지조차도 시원하게 밝혀지지 않았다.

당대 천하제일인이라 칭송받던 존재의 돌연한 실종.

천래성축도는 바로 이 천래궁이 한천 연경산에게 도전장을 전달했던 행렬이다.

워낙에 특이한데다 그전까지는 천래궁이 그토록 성대한 행렬을 보인 적이 없었기에 당시만 해도 모두가 입을 쩍 벌렸다.

화려하고 장엄함을 갖춘 엄청난 신도의 숫자로 인해 그 행렬만으로도 초미의 관심과 호기심의 대상이 된 것이다.

그 당시 딱 한 번, 천래성축도는 요천의 도전장을 용천장에
전한 뒤 두 번 다시 나타나지 않았다.

이 때문에 무림에서 천래성축도는 곧 천래궁주 요천의 도
전장을 전달하는 행렬이란 상징적 의미로 굳어졌다.

그 천래성축도가 재등장했다는 것이다.

모든 무림인의 이목을 받으며 그 성대하고 신비스러움이
가득한 행렬이 향하는 목적지는.

第十章

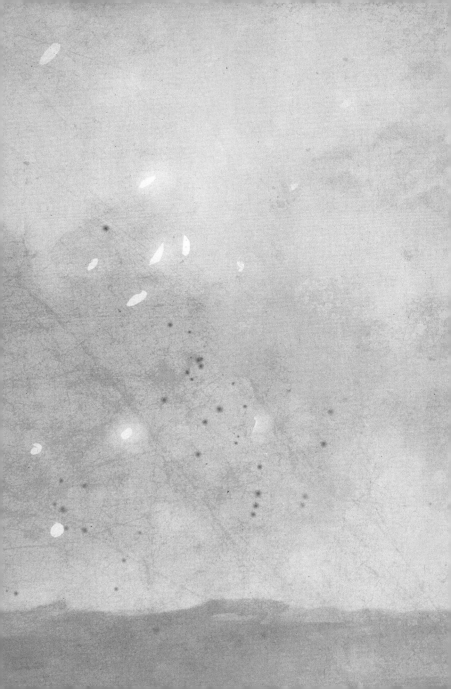

"여기?"

"예."

"그놈들이 왜?"

"그건 잘……."

염호는 손으로 코를 훔치며 고개를 갸웃거렸다.

"어디라고?"

"천래궁입니다."

홍화순이 고개를 조아리며 대답했다.

실내에는 그들 둘만 있는 것이 아니었다.

장문인 진무도 있었고 장로들도 빠짐없이 모여 있었다.

"흠……."

염호는 코를 매만지며 입술을 삐죽였다.

진무나 장로들의 눈에는 그다지 큰 고민이나 걱정거리로 생각되지는 않아 보였다.

'그놈들은 왜 갑자기 툭 튀어나왔지? 판을 다 깔아놨더니 엉뚱한 놈들도 뛰어드네. 요천의 도전장이라…….'

천래성축도가 뭐하는 물건인지는 염호도 충분히 알아들었다.

일부 장로 중에서도 모르는 이가 있어 홍화순이 아주 상세하게 설명을 해주었기 때문이다.

염호의 눈초리가 가늘어졌다.

'도전장… 도전장… 그 기집애의 아비도 그걸 받고 나간 뒤에 행방이 묘연하고.'

그렇다고 오는 걸 막을 생각은 없었다.

다만.

'음모의 냄새가 아주 노골적이구만. 어림없다, 이놈들아! 날뛰어봐야 마빡에 피도 안 마른 애송이 자식들이?'

생각을 정리한 염호가 홍화순을 향해 손을 내저었다.

"뭐, 알았으니까 가봐."

"예."

홍화순이 물러나고 난 뒤, 그때까지 할 말을 무던히도 참았던 듯 대장로 손괴가 서둘러 입을 뗐다.

"태사조, 이제 어쩌실 생각입니까? 본 파의 속가제자들이 전국에서 달려오고 있긴 하지만……"

"용천장에서 불러들인 쪽수가 버겁다?"

"크흠! 허허험! 그것이 아니오라……."

염호의 직설적인 화법에 손괴가 헛기침을 연발했다.

진무가 손괴를 대신해 말했다.

"태사조, 돌아가신 어르신께선 부족하고 어리석은 저희를 돌보시느라 혈혈단신 남도련과 강남무림 전체를 상대하셨습니다."

"그랬지."

"그리고 결국은 못난 저희 때문에 끝내 장렬한 산화로 생을 마감하셨지요."

"음."

"숭고한 희생이셨습니다."

다른 이 같았으면 일찌감치 면박을 주며 잡설은 집어치우라 말했을 염호다.

하지만 누구보다 아끼는 진무다 보니 염호는 가만히 듣기만 했다.

하지만 마냥 오냐오냐 받아줄 생각은 아니었다.

'그래, 어디 무슨 말을 하나 보자. 넌 다르리라 믿는다, 진무야.'

"어르신께서 어렵게 지켜낸 평화입니다. 저희가 그 평화를 어떻게 하면 지킬 수 있는지 가르침을 주십시오."

염호가 흐뭇한 표정으로 진무를 바라봤다.

'그래! 그래야지! 마땅히 그래야 내가 가장 아끼는 우리 진무답지!'

어떻게 할 생각인지를 묻는 것이 아니라 어떻게 해야 하는지를 묻는다는 것.

중요한 것은 그것이었다.

염호는 진무뿐만 아니라 장로들 또한 그와 같은 생각의 표정과 눈빛임을 읽으며 흡족해 마지않았다.

그래서 염호는 말했다.

"무대도 마련됐고, 구경꾼도 그만하면 모였으니, 당연히 뭘 해야겠어?"

"……?"

염호가 씨익 웃었다.

"우리도 이참에 무력시위라는 거 한번 해볼까?"

"……!"

"힘 한번 쓰자고."

＊　　　＊　　　＊

'망할 사형들이 늙어서 다들 노망이 났구나! 노망이 났어!'

배를 타고 상류를 거슬러 섬서 땅으로 진입하는 화산파 장로 침정궁주 신응담의 표정에는 다급함이 가득했다.

'물색 모르는 늙은 사형들이야 그렇다 쳐도, 어찌 현명한 장문사형까지 그런 말도 안 되는 실수를 한단 말인가?'

무림에 파다하게 퍼진 소문을 뒤늦게 객점에서 접하게 된 신응담은 그 길로 밥도 거른 채 화산파 귀환길을 서둘렀다.

가장 기가 차고 어이없는 건 검신 태사조의 후예에 대한 소문이었다.

신응담은 이제 두 번 다시 볼 수 없는 얼굴을 떠올렸다.

'천진벽력당. 현판을 내려라.'

'화산파 무학을 한 줄이라도 읽은 놈이라면 한 놈도 빼놓지 말고 단전을 부수고 심줄을 끊어라. 나라의 관리든 군부의 장졸이든 끝까지 쫓아가서 마무리를 짓고 돌아와라. 예외가 있다면 오직 무공을 모르는 자뿐이다.'

'숨길 필요 없다. 명명백백 해가 뜬 하늘 아래 모두가 보는 앞에서 행하거라. 왜 그리 행하는지, 지켜보는 모두가 똑똑히 알게 해라.'

그때 신응담은 처음으로 그 심술 가득한 노친네에게서 존장으로서의 위엄을 엿보았다.

그리고 화산의 정신이 무엇인지를 깨우쳤다.

단신으로 남도련을 지웠다는 풍문을 전해 들었을 때도 다른 이들과 달리 놀라기는커녕 당연하게 받아들인 신응담이다.

강남무림의 최고수 야도와 동귀어진해 끝끝내 유명을 달리했다는 소식을 접했을 때는 이름 모를 야산의 꼭대기로 올라가 삼 일 밤낮을 통곡했다.

'화산의 이름으로 행하라. 장평의 넋을 위로하는 건 네가 하려무나. 벌을 내리는 건 내가 해야겠다.'

그 마지막 말이 이토록 사무치는 한이 될 줄을 어찌 알았을까.

신응담은 천진벽력당과 육가의 문호를 정리한 후 화산파로 돌아가 제일 먼저 검신 태사조에게 전하려 했다.

화산의 이름으로 징벌하였다고.

장평의 넋을 위로하는 데 게을리하지 않았다고.

세상 모두가 알게 했다고.

그리고 무릎을 꿇고서 진심 어린 사죄를 청하고 싶었다.

오만불손했던 후손의 못난 심보를.

엎드려 은혜로움을 감사드리고 싶었다.

다른 누구도 아닌 자신에게 장평의 넋을 위로하는 소임을 믿고 맡긴 것을.

하지만 천년만년 살며 불사조처럼 살아갈 것 같던 검신 태사조는 이제 세상에 없다.

슬픔을 수습하며 얼마나 다짐했던가.

반드시 그 정신을 계승하며 화산파다운 화산파를 다시 일으키겠노라고.

그런데 들려온 한심스러운 소문이라니.

'아무리 생각이 없다고 해도 그렇지, 태사조가 죽은 시점에서 제자를 자청하는 놈이 나타났으면 당연히 의심부터 해야 할 것이 아닌가!'

신응담은 당장 눈앞에 그 가짜가 있으면 목을 칠 기세였다.

게다가 용천장의 소문까지 접하게 되자 정신이 다 아득해질 지경이었다.

'내가 해야 한다! 내가 해야 해! 나밖에 없다. 무슨 일이 있어도! 이 한 몸 초개와 같이 불살라 화산을 보전할 수 있다면……!'

배 난간을 붙잡은 신응담의 깡마른 손등 위로 결의로 굳은 굵은 힘줄이 불거져 나왔다.

"자아! 이제 잠시 후면 나루터요!"

뱃사공이 점차 보이기 시작하는 나루터를 보며 소리쳤다.

"화산이다!"

"그렇군!"

"어서 서둘러라!"

신웅담은 뱃전에 있다가 곳곳에서 외치는 소리에 백미를 꿈틀거렸다.

나루터에서 내려도 한참을 더 가야 화음현이 나온다.

거기서 또 얼마를 더 가야 비로소 화산을 볼 수 있다.

그런데도 배에 탄 사람 중 일부가 화산이라고 외쳤다.

우연일 리가 없다.

화산의 성세가 이제 화음현을 넘어 섬서 땅으로 퍼져가고 있는 것이다.

신웅담은 깊이 숨을 들이켜며 발끝에 공력을 모아 가볍게 뱃전을 찼다.

"엇?"

"와아!"

배 안에 있던 사람들이 탄성을 터뜨렸다.

온몸에 먼지가 가득한 백발백염의 노인이 훌쩍 뛰어오르는가 싶더니 강 위를 새처럼 훨훨 날아 쏜살같이 나루터까지 날아가기 시작했다.

"역시 본산이로다!"

"허! 과연, 화산!"

뱃전 곳곳에 타고 있던 속가무인들의 탄성이 나루터까지 길게 이어졌다.

*　　　*　　　*

화산 주위로 사람들이 새까맣게 몰려왔다. 십 중 십, 무기를 든 무림인이었다.

이 때문에 화음현을 비롯한 화산 인근 고을의 양민들은 두려움에 떨며 바깥출입을 일체 삼가고 장사꾼들마저 영업을 포기하고 문을 닫아걸었다.

엄청난 인파에 대목을 바라고 좋다고 장사를 하기에는 그 수가 너무 많아 어지간히 장사에 뼈가 굵은 이들도 오금이 저린 것이다.

게다가 속속 모여드는 무림인들의 표정이나 기세가 하나같이 죽기 아니면 살기를 포기한 모습이니 그야말로 살얼음판이 따로 없었다.

가장 많은 수는 역시 장문인의 명에 따라 전국 각지에서 올라온 화산파 속가제자들이었다.

저마다 제자들과 자식들, 친인척까지 모조리 대동해 오는 바람에 그 수가 수천을 헤아릴 정도였다.

상황이 그러하니 인근 고을은 말할 것도 없고 화산 바로 아래 가까운 곳까지 임시 천막을 칠 정도로 인산인해였다.

두 번째로 수가 많은 곳은 서귀의 명에 따라 집결한 용천장의 세력이었다.

수적으로 따지자면 화산파 속가제자들에 훨씬 미치지 못하지만 내적인 질을 따지면 두말할 나위 없이 용천장의 세력이 절대적으로 우위에 있었다.

강남무림 전체를 감시하던 섭요당과 굉뢰당만 하더라도 그 수가 무려 일천에 육박하는 데다 그들 하나하나가 모두 일류고수.

전통적인 육대문파를 기준으로 볼 때 그 성세가 최고조에 달했을 시기에 보유한 일류고수가 서른 안팎임을 감안하면 실로 엄청난 전력이 아닐 수 없었다.

하지만 정말 무서운 전력은 십수 년 세월 동안 멸사호군(滅邪護軍)이라고 칭송받아 온 비환영과, 혼문영, 백변영이었다.

그들은 다 합쳐 이백오십 명에 불과하지만 그 한 명 한 명의 수준이 아예 격이 달랐다.

온갖 요사한 수법과 괴상한 무기, 사악하고 기괴한 무공을 쓰는 사파 진영에 대응코자 선별되고 조직된 이들, 그 감시와 견제를 통해 물리적 억지력을 가지고 있는 이들일 뿐만 아니라 실제로 개전이나 확전 시 가장 선봉에서 전원 옥쇄의 각오를 맹세한 용맹한 무인이 바로 멸사호군이라 불리는 이들이었다.

당연히 그 명성은 오랫동안 천하무림에 진동했다.

정파 진영의 무림인들은 한 수 접어 양보했고, 사파의 무림인들도 고개를 숙이고 길을 피해 가기 일쑤.

그런 이들마저 화산파의 권역 안으로 집결한 것이다.

바보가 아닌 바에야 그들이 호의를 가지고 모인 것이 아님을 알 수 있는 상황.

당연히 화산에 속속 모여드는 속가제자들도 용천장의 움직임을 주시했다.

실력과 명성, 힘의 우위 어느 것에서도 화산파 속가문인들이 절대적으로 열세였다.

하지만 그들은 의외로 물러서지 않았다. 아니, 누가 나서 말하지 않아도 하나로 뭉쳐 일전불사의 각오로 용천장과 정면으로 대치했다.

이 때문에 화산 아래 너른 평원은 화산파 속가제자 진영과 용천장의 세력이 남북으로 나뉘어 일촉즉발의 분위기를 연출했다.

하지만 화산파 본산은 너무나 조용하기만 했다.

검신의 후예와 자하신공의 시연을 약속한 때가 되었음에도 누구 하나 산 아래로 내려와 마중하거나 혹은 이 상황에 대한 표명을 하지 않은 채 묵묵부답으로 일관하는 중이었다.

"넌 왜 여기 있냐?"

"저도 일대제자입니다."

"……."

염호가 물끄러미 쳐다봤다.

마땅히 일렬로 선 대열의 가장 선두에 있어야 할 이는 송자건이었다.

하지만 다른 이가 그 자리를 대신하는 상황.

"제가 얘네들보다 나이가 스무 살 많아서 그렇지 일대제자 맞습니다, 태사조."

물론 염호도 그자 일대제자란 건 알고 있었다.

인생 한번 펴보겠다고 허연 머리카락 휘날리며 달려온 늙은이는 바로 화산파 재물을 담당하는 총림당의 왕심봉이었다.

'에그! 재산 불리는 일이나 잘할 것이지 다 늙어가지고 내공 욕심은?'

하지만 왕심봉만 욕할 수도 없는 노릇이었다.

염호의 눈이 왕심봉의 바로 뒤에 있는 녀석에게 향했다.

이번에도 송자건이 아니었다. 이런 것도 운명이라고 해야 하는지 왕심봉과 종씨인 녀석.

"저도 일대제자 맞습니다. 저 아시잖습니까?"

"…알지."

염호가 고개를 끄덕이면서도 기도 안차는 표정을 지었다.

진무의 수발을 드는 왕직이었다.

송자건은 그의 뒤에서 다른 사형제들과 함께 뭐라 말도 못하고 떨떠름한 얼굴로 서 있었다.

물론 왕직도 일대제자이긴 하다. 문제는 왕심봉처럼 항렬만 일대이지 재질이 좋지 않아 매화검수 언저리에도 가보지 못했다는 것일 뿐.

'이놈들 보게? 아주 날로 먹으려 드네?'

인생 헛산 것이 아닌 노회한 왕심봉은 염호의 표정만 보고도 속내를 꿰뚫어봤다.

"장문 사백께서 이르시길, 태사조께서 인생은 한 방이라고 하셨다지요?"

"……."

"더 무슨 말이 필요하겠습니까."

얼씨구?

염호는 더 듣다간 골치가 아플 것 같아 손사래를 쳤다.

"전부 뒤로 돌아서고 양손으로 앞사람의 명문혈에 갖다

붙여."

말이 떨어지자마자 일대제자들이 일사불란하게 돌아서서 각자의 두 손을 앞사람의 등 한복판 명문혈에 찰싹 붙였다.

염호가 왼손을 들어 검지를 꼿꼿이 세웠다.

"자, 준비~!"

꿀꺽.

누구인지 모를 긴장이 철철 넘치는 침 삼키는 소리가 울려 퍼졌다.

츠츠츠츠츠츳! 츠아아아악!

염호의 꼿꼿이 세워진 검지에 자줏빛 광채가 어리는가 싶더니 이내 압축에 압축을 거듭하며 종래에는 태양보다 눈이 부실 정도로 강렬한 빛을 내뿜었다.

"간다!"

외침과 함께 염호의 자줏빛 광채를 머금은 검지가 왕심봉의 등 한복판을 찔렀다.

우르르르르릉.

"……!"

귀로 들리는 소리가 아니었다.

일렬로 선 일대제자들은 동시에 자신의 몸 안으로 상상할 수 없는 엄청난 기운이 해일처럼 밀려들어 오는 착각을 느꼈다.

정신이 아득해지듯 시야가 흐릿해지더니 마치 우주의 수많은 별이 폭발하듯 눈앞이 번쩍거렸다.

그때 염호가 외쳤다.

"정신 차려!"

정신이 혼미해지던 일대제자들의 그 외침에 몸을 움찔했다.

"여기서 정신 잃는 놈은 육십 년 내공도 못 얻고, 두 번 다시 임독양맥 안 뚫어준다?"

뿌드득, 빠드드득! 까드드드드득!

삽시간에 내실 안에 이빨을 갈아붙이는 소리가 경쟁하듯 휘몰아쳤다.

*　　　*　　　*

"대군사, 굳이 여기까지 번거롭게 발걸음을 하실 이유가……"

"내 눈으로 직접 확인하고 판단하기 위해서네."

시린 겨울 햇빛을 차단한 그늘 아래 북검회의 대군사 좌문공의 목소리가 이어졌다.

낮은 언덕 위에서 한눈에 들어오는 평원 위를 바라보는 좌문공.

그의 옆을 보좌하는 이는 털 우산으로 그늘 막을 만들어주고 있는 검객이었다.

"화산파 속가제자들이 의외로 전혀 주눅 들지 않아 보입니다."

"음."

좌문공이 동의한다는 듯 고개를 끄덕였다.

"확실히 예전의 화산파라고 할 순 없지. 시발점은 검신이 단신으로 벌인 일이지만, 장로 신응담이란 자가 조정과 황실을 개의치 않고 단호히 문호를 정리한 행적들이 더해졌으니 잠들어 있던 자긍심을 일깨웠을 걸세."

"하지만 세상 돌아가는 이해득실에 민감한 속가제자들이 저렇게까지 무모할 정도의 만용을 부릴 줄은 몰랐습니다."

"놀라운 일이지."

말은 그렇게 하면서도 좌문공은 조금도 놀라운 일이 아니라고 생각했다.

그의 말대로 속가제자란 이해득실을 따지는 현실주의자라 명분만으로 살아가지 않는 자들이다.

용천장이란 천하제일의 세력과, 그들 최고의 정예인 전력이 화산파에 집결했으니 정상이라면 마땅히 등을 돌려 모른 척하거나 인연을 끊어야 했다.

자칫 그 화가 자신들에게 미칠 수도 있는 노릇이기에.

아마 이 상황을 관망하는 대다수의 무림인이 그렇게 예상하거나 이미 결론을 내렸을 것이다.

하지만 화산파 속가제자들은 용감하게도 화산으로 진입하려는 용천장의 세력을 막아섰다.

용감한 정도가 아니었다.

좌문공의 눈에 비친 화산파 속가제자들의 표정에는 하나같이 단호한 결의와 사뭇 비분강개함이 가득했다.

적을 둔 사문에 대한 자긍심이 높아진 상황이다.

그런 때 벌어진 일.

우열을 구분하기 힘든 비등비등한 세력의 침탈보다 절대적인 힘의 우위에 위치한 세력의 침범이 그들을 분노하게 만들었고 단결하게 만들었다.

힘이 비슷하면 이겨내야 할 시비로 생각하지만, 압도적인 힘의 차이를 인지한다면 강자의 횡포라고 받아들이니까.

"용천장의 좌장은 누구인지 파악됐나?"

"호법 방자룡이라고 들었습니다."

"…백발홍천(白髮洪闡)?"

"그렇습니다."

백발홍천 방자룡은 세수 칠십을 바라보는 자이지만 사십 년 가까이 정사무림을 종횡무진 누빈 역전의 노강호였다.

하지만 좌문공은 평원의 반 이상을 채운 용천장의 병력도,

그들을 통솔하는 백발홍천의 위명도 신경조차 쓰지 않았다.

용천장주의 신변에 유고가 발생했다면 절대 이 전력으로 끝을 볼 서 총관이 아님을 알기 때문이다.

"아직 찾지 못했나?"

"웅검각의 분위기를 보아 용천장에서 빠져나가는 건 확인했지만 아직까지 단서를 찾지 못해 애를 먹고 있는 모양입니다."

"벌써 찾았다면 웅검각의 능력을 의심했을 거네."

"그……."

검객은 말문이 막히는지 대꾸하지 못하고 입을 다물었다.

말인즉슨, 그렇게 쉽게 찾아낼 리도 없고 찾았다고 한들 너무 빠르면 그 진위 여부마저 의심했을 것이란 뜻이다.

결국은 웅검각의 능력이 그들보다 한 수 뒤진다는 뜻인데, 북검회를 이끄는 대군사란 사람이 자신이 몸을 담고 있는 조직의 능력을 낮추어 보는 발언이 아닐 수 없었다.

"왜? 내 말이 언짢은가?"

"……."

검객은 바로 대답하지 못했다. 하지만 좌문공의 물음에 대답을 한 것으로 여기기에 충분한 반응이었다.

"용천위와 천인혈은 한천이 딸의 안전을 위해 직접 기른 자들일세."

북검회도 그들의 존재를 눈치채는 데 한참의 시간이 걸렸다.

아니, 무림에서 그들의 존재 여부를 아는 자도 지극히 드물었고, 명칭을 아는 이들은 더더욱 극소수에 불과했다.

북검회도 사실상 그들의 정보력으로 일궈낸 성과라기보다 용천장과 틀어져 등을 진 식객들을 받아들이면서 우연히 알아낸 것이다.

"용천위는 오로지 지키는 것밖에 모르고, 천인혈은 후퇴라는 것을 모르지."

그러면서 무림의 여러 세력에게 전혀 노출이 되지 않을 만큼 철저하게 감춰져 있으며 은밀히 존재하는 이들이었다.

그때, 언덕 아래 누군가가 멀리 하늘로 쏘아져 오르는 화살을 보더니 두 사람이 있는 곳을 향해 수신호를 보냈다.

"도착했다는 보고입니다."

그 말에 이제껏 고정되어 있던 좌문공의 눈길이 돌려세운 발길과 함께 옮겨갔다.

새하얀 휘장과 칠흑 같은 검은색이 교차한 깃발.

같은 빛깔로 조화를 이룬 깨끗하고 엄숙해 보이는 통일된 복색.

고깔을 쓴 선남선녀 수십 명이 뿌리는 꽃잎을 맞으며 앞으로 나아가는 지붕 없는 가마.

그 가마 위에는 인간 세상에 존재하는 외모인지 의심스러울 정도로 흠결 하나 찾을 수 없는 미청년이 눈을 감은 모습으로 두 손을 경건히 합장하고 있었다.

행렬은 우연인지 의도된 것인지 서로가 대치 중인 화산과 속가문인 진영과 용천장 진영의 사이를 정확하게 가르며 나아갔다.

꽃잎을 뿌리는 남자 신도들이 우렁차게 외쳤다.

"신공은 하늘에서 내리신 분이라 천 개의 칼도 스스로 부러지고 일만의 화살비도 흩어지는도다!"

앞선 사내들의 합창에 이어 반대편 행렬의 여자 신도들이 아름다운 목소리로 화답하듯 소리쳤다.

"신공께서 하늘에서 오셨으니, 천하만민이 태평성대를 누리리라!"

신공은 천래궁의 신도들이 하늘에서 보낸 신인, 즉 천래궁주를 가리켜 부르는 존호였다.

무림에서는 천래궁의 교도와 달리 사람을 가리켜 글자에 '神[신]'을 집어넣어 부르는 것이 마뜩치 않아 어느 순간부터 요천이란 이름으로 불렀다.

천래궁에서 출발한 천래성축도.

문제의 그 행렬이 마침내 화산 근역에 모습을 드러낸 것이다.

화산파 속가제자들은 지나가는 그들의 행렬을 다소 당혹스럽고 또 한편으론 떨떠름한 표정으로 지켜봤다.

용천장이라면 죽어서도 길을 열어줄 마음이 없었다. 실제로도 그러하니까.

하지만 천래궁 신도들은 어찌해야 할지 그들 중 누구도 제대로 판단 내리지 못했다.

딱히 무림방파라 하기에도 애매한 구석이 있고, 그렇다고 해서 화산으로 향하는 행렬을 막는 것도 명분이 없었다.

하지만 화산파 속가제자들과는 전혀 반대의 심정을 지닌 이들도 있었다.

바로 용천장이었다.

천래성축도가 나타난 순간 용천장의 밥을 먹고 사는 무리는 일제히 살기충천하여 천래성축도 행렬을 노려봤다.

그들에게 있어서 하늘 같은 존재이자 절대의 하늘인 초대 용천장주, 한천이 실종된 일에 결정적인 관련이 있는 무리이니 당연했다.

용천장이 이제까지 천래궁과 시비를 붙지 않은 것은 오직 그에 따른 증거가 없고, 명분이 없어서였다.

건재함을 증명한 도전의 당사자인 요천이 일절 대결의 결과에 대해 언급하지 않았으니 용천장 체면에 이를 물어볼 수 없었다.

실종된 한천을 두고 단서라도 있다면 모든 전력을 동원해 전쟁이라도 벌일 텐데, 수많은 사람을 쓰고 다방면으로 걸출한 명망 있는 전문가들을 불렀으나 무엇 하나 속 시원히 밝혀진 것이 없었다.

　"신공은 하늘에서 내리신 분이라 천 개의 칼도 스스로 부러지고 일만의 화살비도 흩어지는도다!"

　"신공께서 하늘에서 오셨으니, 천하만민이 태평성대를 누리리라!"

　신심으로 가득찬 천래궁 신도들의 발걸음은 거침이 없었다.

　그들이 기도하는 말처럼 신공의 가호가 있으니 죽음도 두렵지 않은 모양이었다.

　화산파 속가제자들과 용천장이 신경전을 벌이며 어느 쪽도 화산에 오르지 못하고 있던 상황에서 엉뚱하게도 천래궁의 신도들이 아무런 장애 없이 화산의 바로 아래 초입까지 다다랐다.

　그때 행렬의 최선봉에 선 교도가 몸을 돌려 일행에게 소리쳤다.

　"신공사자님은 땅을 밟지 아니하신다! 신공의 신통력으로 하늘을 오르리라!"

　신공사자란 가마 위에 앉아서 합장하고 있는 미청년을 가리키는 모양이었다.

화산파 속가제자들과 용천장 세력은 어느 순간부터 천래궁 무리가 하는 짓을 지켜보는 구경꾼이 됐다.

다들 무림인이다 보니 천래궁 신도들의 행동과 말에 대부분 눈살을 찌푸렸다.

신통력이 어쩌구 하는 소리부터가 허튼소리란 뜻이기에.

확실히 종교를 앞세운 것들은 어딘가 요사한 구석이 있었다.

특히나 뿌리를 알 수 없는 곳일수록 더더욱 더.

남자의 외침이 메아리치고 미청년이 눈을 뜨며 가마 위에서 일어섰다.

합장을 푼 미청년이 염주를 양 손에 쥐고 소리쳤다.

"신공의 신통력으로 화산을 오르리라—!"

"신공의 신통력으로 화산을 오르리라! 신공의 신통력으로 화산을 오르리라! 신공의 신통력으로 화산을 오르리라!"

신공사자란 청년의 선창에 이어 선남선녀들이 합창을 반복했다.

무림인들은 기도 안 차 그 순간만은 파벌과 진영을 떠나 과연 무슨 신통력으로 하늘을 나는지 한번 보자는 투로 천래궁 무리를 쳐다봤다.

'이놈들이 감히! 우리 화산파를 어찌 보고!'

신웅담은 인파가 끝없이 이어진 화산 근처까지 도달한 뒤 기가 막혀 전방을 바라봤다.

아무리 용천장이 천하제일세라지만 어찌 남의 문파 앞마당에 이렇게 많은 수의 무리를 불러들일 수 있단 말인가?

게다가 신통력이니 뭐니 해서 장문인의 허락도 없이 화산을 날아오르겠다고 소리치는 미친 무리는 아무리 좋게 봐도 혹세무민하는 사교 무리였다.

그나마 분노한 가운데서도 위안이라면 그토록 제 욕심만 챙기던 속가문인들이 두려움과 뒤를 생각하지 않고 하나로 뭉쳐 본산을 지키려는 모습이었다.

'어림없다! 이 요사한 놈!'

신웅담은 신공사자니 뭐니 하는 놈이 선동을 하며 대동한 남녀 무리를 이끌고 화산으로 오를 기색을 보이자 등 뒤의 칼자루를 움켜잡았다.

'오늘은 원시천존과 태상노군을 대신해 천래궁인지 만래궁인지 요절을 내주마!'

신웅담이 칼자루를 움켜잡은 채 인파를 가르며 점차 발걸음에 속도를 높여갔다.

스르르릉.

검집을 빠져나오는 칼날이 맹수처럼 으르렁거리는 찰나,

쐐――― 애――― 액!

"……?"

신웅담뿐만 아니라 평원 위의 모든 무림인이 하늘을 울리는 소리에 고개를 들어 올렸다.

갑작스레 모두의 귀청을 파고든 소리는 흡사 멀리서 쏘아진 대포알이 대기를 가르는 소리처럼 들렸다.

쐐쐐쐐쐐쐐! 쾌애액!

곧이어 묵직하게 퍼져 나가던 소리가 어느 순간 예리한 파공음으로 변하더니 천래궁 무리가 있는 곳에서 빛이 번쩍했다.

퍼퍼퍼퍼퍼퍼퍽!

"……!"

무림인들이 놀라 웅성거렸다.

구름에서 쏘아 보낸 번개처럼 어디선가 나타난 검이 천래성축도의 행렬을 막아 세우듯 땅속 깊이 거꾸로 박혔기 때문이다.

"저기 봐!"

"화산파 도사다!"

"오오오?"

"저럴 수가?"

화산 쪽을 바라보는 사람들 사이로 여기저기서 놀람에 찬 외침이 터져 나왔다.

까마득히 우뚝 솟은 화산에서 운무를 뚫고 솟아오른 도사 복장을 한 이들.

화산파에 단 여덟뿐인 매화검수 일대제자였다.

그들 중 절반은 단숨에 허공으로 솟아나 곧장 산 아래 지상을 향해 하강했다.

"어기충소다!"

나머지 절반은 일자로 흩어져 마른 나뭇잎을 밟아가며 평지 위를 달리듯 질주했다.

"저건, 초, 초상비?"

평원 위의 무림인들이 놀란 감정이 추슬러지기도 전에 여덟 명의 매화검수는 일제히 지상에 내려꽂힌 검자루 위에 외발로 가볍게 내려섰다.

"저, 저 녀석들이 어찌 저런…?"

누구보다 신응담이 경악해 입이 딱 벌어졌다.

하지만 그것으로 끝이 아니었다.

"헉! 저기 하늘을 보시오!"

"구름 위다!"

"맙소사?"

화산파 속가제자들뿐만 아니라 용천장의 무인들도 경악한 표정을 감추지 못했다.

햇빛을 머금은 구름을 뚫고 내려오는 백발백염의 신선 같
은 도사들.

장문인 진무와 장로들이었다.

선계의 신선처럼 똑같이 새하얀 득라의를 걸친 진무와 장
로들은 놀랍게도 하늘에서 그냥 내려오는 것이 아니라 번쩍
이는 검 위에 고고히 발을 디딘 채로 날아오고 있었다.

"어, 어검비행(御劍飛行)?"

"어, 엄청나다!"

"아아? 우리 화산파요! 본 파의 어른들이시오!"

"검, 검선(劍仙)! 검선들이시다!"

"봤느냐, 이놈들아! 화산파는 무적이다!"

신웅담은 아예 턱이 빠질 정도로 놀라 할 말을 잃었다.

'사, 사형들이? 비경이라는 어검비행을? 사형들이……?
사… 형… 들이? 말도 안 돼!'

유유히 하강해 지상에 가볍게 내려서자 그들이 타고 온 검
들이 살아 있는 생명체처럼 주변을 유영하다가 진무와 장로
들이 내민 손아귀로 빨려들어 갔다.

그리고.

촤아아아아아악! 촤아아아악! 촤촤촤촤촹!

"억?"

"……!"

누군가 간신히 심장이 멈춘 듯한 비명을 지르고 대부분이 얼어붙은 표정으로 두 눈을 찢어져라 치켜뜨며 진무와 장로들을 쳐다봤다.

웅웅웅웅웅웅.

마치 수만 마리의 벌 떼가 우는 듯한 기묘한 음파와 동시에 대기를 요동치는 가공할 기파.

진무와 장로들이 든 검 전체가 희뿌연 빛이 어리는가 싶더니 검끝에서 홀연히 눈부신 광채가 불쑥 솟아나 그 크기를 키워갔다.

"검강(劍罡)!"

"거, 검강?"

"검강이닷!"

"검강이야! 검강이라는구만!"

"천하십강들만이 쓸 수 있다는 그 대단한 경지?"

"저럴 수가? 화산파의 노도사가 모두 검강의 고수라니!"

"믿, 믿을 수 없다!"

털썩.

신웅담은 후들거리는 다리를 주체하지 못하고 기어이 털썩 땅바닥에 엉덩방아를 찧었다.

손에 쥔 검은 아예 떨어뜨린 지 한참이었다.

"심장이 쫄깃하지?"

"......!"

하늘에 메아리치는 밝고 경쾌한 목소리에 모두가 고개를 들었다.

그리고 모두가 경악했다.

"떠, 떠 있다?"

말 그대로 누군가 공중에 떠 있었다.

그것도 안방에 있는 듯 책상다리를 한 앉은 자세로.

하지만 더욱 놀라운 일은 그다음에 벌어졌다.

공중에 앉아 있던 이가 자연스레 일어서더니 발을 내디뎠다.

한 발, 또 한 발, 그리고 또 한 발.

마치 보이지 않는 계단을 밟아 내려오듯 공중을 밟아 내려오는 불가사의의 존재.

"......."

"......."

수천의 사람이 모인 대평원에서 질식할 것 같은 정적이 감돌았다.

그리고 그들 가운데서 모두의 심정을 대변하듯 누군가 쥐어짜는 목소리로 소리쳤다.

"허(虛)… 공(空)… 답(踏)… 보(步)."

때를 같이하여 진무가 공력을 담아 천리전음공으로 외쳤다.

"검신 태사조의 제자시다—! 대화산파의 문도는 태사조께 예를 올려라—!"

순간, 대평원의 가득 채운 인원 중 절반이 무릎을 꿇으며 소리치니 이는 거대한 울림으로 화해 천지를 뒤흔들었다.

태사조님을 뵈옵니다!

『마 in 화산』 5권에 계속…

백미가 新무협 판타지 소설
FANTASTIC ORIENTAL HEROES

천선지가

불의의 사고로 죽은 청년 이강
그를 기다린 것은 무림이었다!

어느 날
그에게 찾아온 운명,
천선지사.

각인 능력과 이 시대엔 알지 못한 지식으로
전생에서 이루지 못한 의원의 꿈을 이루다!

『천선지가』

하늘에 닿은 그의 행보가 시작된다!

Book Publishing CHUNGEORAM

유행이 아닌 자유추구 -
WWW.chungeoram.com

FUSION FANTASTIC STORY
월문선 장편 소설

화려한 귀환

머나먼 이계의 끝에서
다시 돌아온 남자의 귀환기!

『화려한 귀환』

장점이라고는 없던 열등생으로 태어나,
학교에서 당하는 괴롭힘을 버티지 못하고
자살이라는 극단적인 선택을 하게 된 남자, 현성.

"돌아왔다⋯⋯. 원래의 세계로!"

이계에서 죽음을 맞이하게 된 현성은
자신을 죽음으로 내몰았던 현실 세계로 돌아오게 된다!

고된 아픔들, 그리웠던 기억들.
모든 것을 되살리며 이제 다시 태어나리라!

좌절을 딛고 일어나 다시 돌아온
한 남자의 화려한 이야기!
이보다 더 '화려한 귀환'은 없다!

Book Publishing CHUNGEORAM

유행이 아닌 자유추구 -
WWW.chungeoram.com